KB119083

내 인생의 책읽기

나남
nanam

나남산문선 75
내 인생의 책읽기

2009년 2월 27일 발행
2012년 5월 5일 2쇄

기획 · 한국간행물윤리위원회
저자 · 공선옥 · 도종환 · 신달자 · 신여랑 · 이금이
　　　 정일근 · 정호승 · 최희수 · 하성란 · 함민복
발행자 · 趙相浩
발행처 · (주) 나남
주소 · 413-756 경기도 파주시 교하읍
　　　 출판도시 518-4
전화 · (031) 955-4601 (代), FAX : (031) 955-4555
등록 · 제 1-71호(1979.5.12)
홈페이지 · http://www.nanam.net
전자우편 · post@nanam.net

ISBN 978-89-300-0875-4
ISBN 978-89-300-0859-4(세트)
책값은 뒤표지에 있습니다.

나남산문선 75

내 인생의 책읽기

공선옥 · 도종환 · 신달자 · 신여랑 · 이금이
정일근 · 정호승 · 최희수 · 하성란 · 함민복

나남
nanam

　시가 어렵고 멀리 있는 것 같다고요. 손을 펴서 자세히 보십시오. '시'란 글자가 보이지 않습니까? 2008년 4월 인천 구월여중, 도서관에서 함민복 시인의 강연을 듣고 있던 학생들의 입에서 나직한 탄성이 흘러 나왔습니다. '진짜 내 손에 시가 있네.'

　2008년 한국간행물윤리위원회 청소년 독서특강의 한 장면입니다. 이런 현장에서의 느낌을 그 시간 그 장소에 묻어두기엔 너무 아쉬워 우리 위원회가 전국 각지에서 청소년과 어머니를 대상으로 개최했던 독서특강 초청연사 열 분의 글을 모아 한 권의 책으로 엮었습니다. 원고를 받는 김에 강연내용과 더불어 책과 글쓰기에 대한 내밀한 고백과 체험도 함께 써 달라고 했습니다. 그래서 이 책에는 저자들이 어떻게 책을 운명처럼 만났는지, 그리고 한 인간의 일생에서 왜 책과 독서가 중요한지에 대한 생생한 울림이 담겨 있습니다.

정호승 시인은 책이 사람의 영혼의 모습을 결정지으며 그 누구도 책을 통하지 않고서는 아름다워질 수가 없다고 합니다. 신달자 시인은 청소년기 방황의 시절, 세차게 불어대던 바람을 잠재운 것도 책이었고, 나이 마흔에 허리 부러진 인생을 다시 일으켜준 것도 책을 통해서라고 고백하고 있습니다. 도종환 시인은 일주일에 시 한 편을 읽으면 우리가 정서적으로 보다 풍요로운 삶을 살 수 있다고 말합니다. 정일근 시인은 책이 현재의 나를 만들었고, 또한 앞으로 만날 책이 나의 미래를 바꿀 것이라며 '독서운명론'을 펴고 있습니다.

이 외에도 사람답게 살기 위해서는 책을 읽어야 한다는 공선옥 작가, 그림 이야기로 글쓰는 비법을 풀어내고 있는 하성란 작가, 아프고 외롭고 힘들수록 시와 소설을 읽어야 한다는 신여랑 작가, 즐거운 책읽기를 통해 꿈을 찾을 것을 권하는 이금이 작가, 모든 교육과 성장의 핵심이 독서라고 강조하는 푸름이 아빠 최희수 님의 체험에서 우러난 의미 있는 글들을 수록하였습니다.

　좋은 글을 주신 저자 여러분께 감사드리며 어려운 여건에서도 선뜻 책을 출간해 주신 나남의 조상호 대표님! 고맙습니다. 이 책의 인세는 소외계층의 독서활동 지원에 사용할 예정입니다. 좋은 뜻에 흔쾌히 동참해 주신 저자 여러분께 다시 한번 감사드립니다.

2009년 2월
한국간행물윤리위원회
위원장 민 병 욱

내 인생의 책읽기

차 례

공 선 옥

1963년 전남 곡성 출생. 1991년 〈창작과 비평〉 겨울호에 중편 〈씨앗불〉을
발표하며 작품 활동을 시작하였다.
소설집 〈피어라 수선화〉, 〈내 생의 알리바이〉, 〈멋진 한세상〉, 〈명랑한 밤길〉
장편소설 〈오지리에 두고 온 서른살〉, 〈시절들〉, 〈숫밭으로 오세요〉,
〈붉은 포대기〉 등이 있으며, 산문집 〈자운영 꽃밭에서 나는 울었네〉,
〈공선옥, 마흔에 길을 나서다〉, 〈행복한 만찬〉 등이 있다. 신동엽 창작기금
수혜, 올해의 예술상, 백신애문학상을 받았다.

사람답게
살기
위하여

내 글쓰기의 첫날

중학교 몇 학년 때였는가는 잊었다. 하여간 중학생 시절의 어느 해 여름방학 때였다. 아마 방학숙제였던가 보다. 그때 우리 집엔 선풍기도 없었다. 부채질을 하면 더욱 땀이 나는 그렇게 무더운 여름날이었다. 방학이라고 해서 어디 먼 데 여행을 갈 만한 데도 없고 누가 오는 사람도 없었다. 아버지 어머니는 자식들이 방학했다고 특별히 신경을 써주는 것도 아니고 어제가 오늘 같고 내일도 오늘 같은 나날이 흘러가고 있었다.

그때 그 시절 이야기를 이렇게 글로 쓰고 있자니 조금씩, 그때의 정황이 또렷해진다. 그러니까 중학교 1학년 여름방학이었던 모양이다. 어머니와 언니와 동생은 외삼촌 따라 서울 가서 살고 계시는 외할머니의 생신을 쉬러 서울 가고 없고 객지에서 일하시던 아버지는 어디서 다쳤는지, 아니면 그냥 생겼는지 무릎 아래 살이 시뻘겋게 진물이 흐르는 병에 걸려 집에 와 있었다. 아버지는 나만 빼놓고 식구들이 모두 서울로 간 뒤에 느닷없이 오셨다.

나는 정말 당황스러웠다. 식구들이 나를 집에 떨어뜨려

놓고 간 것은 집안에서 키우는 짐승들을 돌볼 사람이 없어서였긴 했지만 내가 자청해서 집에 남겠다고 한 것은 사실 아무도 없는 빈집에서 나 혼자 맘대로 살아보고 싶어서였기 때문이다. 혼자 있고 싶어한 것을 보니 사춘기가 마악 시작되었던가 보다.

하여간 그렇게 해서 나는 한 열흘 정도의 혼자만의 시간을 확보했다고 여기고서는 나 딴에는 조금은 심심하고 조금은 외로워도 심심하고 외로운 것이 오히려 혼자만의 해방감이려니, 내 인생 최초로 심심하고 외로운 것의 달콤함을 맛보고 있는 참인데, 여수에서 공장 짓는 일을 하시던 아버지가 소식도 없이, 암도 없냐? 어찌 이리 집안이 조용허냐? 하시며 들어서신 것이다.

아버지가 별안간에 들어서신 것도 놀라운데 아버지는 다리를 심하게 절고 계셨다. 아버지는 마루에 앉아 신발을 벗으며, 궤양이 났다, 말씀하셨다. 일종의 습진인데, 그것이 치료를 안 하고 방치한 결과 살이 썩어가고 있는, 사실은 무서운 병이었는데도 아버지는, 심상하게, 그저 지나가는 말인 것처럼, 궤양이 좀 났을 뿐이라는 투로 말씀하시는 것이었다.

아직 어린 나는 그래서 아버지의 병이 얼마나 심각한 상태인 줄을 그때까지는 몰랐었다. 아버지가 지금 얼마나 큰 고통에 시달리는 줄은 짐작도 못한 채 나는 갑자기 오신 아버지를 '불편'해 했던 것이 분명하다.

　나는 언젠가, 러시아 혁명기의 화가 일리야 레핀의 그림을 본 적이 있다. 그가 그린 〈아무도 기다리지 않았다〉에 묘사되어 있는, 유형지에서 돌아온 아버지, 혹은 오빠, 혹은 삼촌을 맞는 가족들의 놀랍고도 뜨악하면서도 왠지 모르게 선뜻 반기지는 못하는 듯한 표정은 어쩌면 중학교 1학년 여름방학 때의 아버지에 대한 내 마음의 표정일 수도 있으리라.

　그것을 생각하면 나는 지금도 가슴 한쪽이 시큰해진다. 돈을 벌기 위해 집 밖으로 떠돌았던 아버지는 집에 오면 늘 '이방인' 같을 수밖에 없었다. 아버지가 집에 오시는 것이 반갑지 않은 것은 아닌데 묘한 낯선 느낌만은 어쩔 수가 없었다. 아버지는 아버지대로 아버지 없이 꾸려지고 돌아가는 '집안의 질서'에 적응할 만하면 떠나야 하는 생활에서 오는 스트레스가 분명히 있었을 터이다.

　그렇지만, 우리 식구들은 그런 문제들에 대해서 한 번도 터놓고 말해보지도 못하고 세월을 흘려보내고 말았다. 식구들이 가족 간의 문제에 대해서 터놓고 말하고 때로는 치열하게 토론도 하는 문화가 아쉬운 대목이다. 가정 내에서 토론의 문화가 꽃피기에는 우리 집은 '먹고 사는 문제'에 극심하게 치여 있었다. 우리는 생활보다 생존이 급박했던 것이다.

나는 언제나 책에 주려 있었다. 더 정확히 말하면 활자라고 해야 할 것이다. 사실은 '문학'에 주려 있었다고 하고 싶다. 그러나 또 거창하게 문학까지 갈 것도 없이 그냥 글이라고 해도 무방할 것이다. 시든 소설이든 역사든 철학이든 종교든 하여간 활자로 인쇄된 글을 읽으면 그 글의 내용이 내 영혼에 스며들어서 내 내면을 변화시킬 수 있기를 나는 간절히 원하고 있었으나, 그런 글이 엮어진 책은 내게서 너무 멀리 있었다. 교과서 외에 그 어떤 책도 없었다.

나는 정신적으로 목이 말랐다. 사방을 둘러봐도 내 주변에는 책을 가진 사람도, 책을 읽은 사람도, 책을 구해줄 사람도, 책을 좋아하는 사람도 없었다. 나는 나에게 책이 없고 내 주변에 책 가진 사람이 없고 책 읽은 사람이 없고 책 좋아하는 사람이 없는 것이 슬펐다. 누군가 슬퍼한다는 것

공선옥

은 영혼이 주려 있기 때문이다. 나는 암담한 내 현실을 책이 구원해 줄 것만 같았다. 그러나 책은 없었다. 식탐이 있는 아이들은 배가 주려 있기 때문이고 책탐이 있는 아이들은 영혼이 주려 있기 때문이다. 적어도 내 경우엔 그렇다.

나를 구원해줄 책을 찾아 헤매다가 내가 찾은 책들의 목록은 이렇다.

〈새농민〉, 《편물의 기본》, 〈잠업소식〉, 《과수재배》, 〈선데이 서울〉, 〈어깨동무〉, 〈소년중앙〉, 《복면의 기사》, 《비밀의 화원》, 《그림 없는 그림책》, 《벌레 먹은 장미》, 《감이 익을 무렵》.

〈새농민〉, 《편물의 기본》 같은 실용서들은 주로 마을 회관에서, 〈어깨동무〉 같은 어린이 월간지는 큰집 오빠들에게서, 《복면의 기사》, 《비밀의 화원》은 학교에서, 《벌레먹은 장미》 같은 '숨어서 봐야할 책'은 중학생인 언니에게서 공급받았다. 그러나 그런 책들이 내 영혼의 질적 변화를 가져오지는 못했다.

그리고 그때는 의식하지 못했으나 나중에 돌이켜 생각해 봤을 때, 내 영혼의 성장을 도운 것은 책이 아닌 노동이었다. 어렸을 적 도시의 풍족한 가정에서 자란 동년배의 어느 작가가 자신의 어린 시절의 독서에 대해서 말할 때, 나는 그와 내가 얼마나 다른 환경에서 자랐는가를 실감했다. 그가 '당초무늬 표지'의 계몽사 어린이전집을 읽고 있을 때 나는 콩밭에서 김을 매고 있었던 것이다. 그가 독후감대회에 나가 상을 받고 있을 때 나는 시커먼 부엌 아궁이 앞에서 매운 관솔 연기에 그을리며 불을 때고 있었던 것이다.

나는 도회지의 유복한 환경에서 자란 그 동년배 작가가 부럽지는 않았다. 나는 비록 당초무늬 어린이전집을 어디 가서 볼 수도 없는 궁벽한 시골에서 태어나고 자랐지만 그 시절에 한 번도 가난하단 생각을 해보지 않고 살았다. 동년배이긴 하지만 도시와 시골의 환경이 다른 만큼 그와 내가 경험한 것이 달랐을 뿐이라고 나는 생각했는데 그의 어린 시절 이야기와 내 어린 시절 이야기를 듣고 난 사람들의 반응은 단순히 다르다고 느끼지는 않는 모양이었다.

사람들은 내 어린 시절을 불우한 것으로 간주했다. 청자(聽者)들에 의해서 내 어린 시절이 가난한 것으로, 가난했으므로 불우한 것으로 규정되어버린 것이다. 내가 아무리 나는 가난하지 않았다고 우겨본들, 나를 바라보는 사람들은 나를 가난한 어린 시절을 보낸 사람으로 여기고 있다는 것을 나는 그때서야 알았다.

　그리고 그때부터 나는 내 가난에 대해서 곰곰이 생각하게 되었던 것이다.　나는 가난했던가? 사실 가난했다기보다 나는 외로움이 더 컸던 것 같다.　외로움이라고 해놓고 보니 이것도 좀 이상하다.　왜냐하면 나는 그때,　배는 고팠지만 가난을 의식하지 못했던 것처럼,　어제가 오늘 같고 내일도 오늘 같은 나날들이 심심하고 따분하긴 했지만 구체적으로 그것이 외로움이라고는 생각지 못했기 때문이다.　'외로움'이라는 말의 의미도 잘 몰랐다.

　우리는 그때,　외로움이라는 말보다는 서러움,　혹은 설움이라는 말을 먼저 배웠다.　살아있는 것은,　살아있다는 것은 서러운 것이었다.　모든 좋은 것은 다 설운 것이었다.　사는 게 너무너무 서러워서 사람들은 술을 마시고 굿을 했다. 우는 것도 웃는 것도 다 서러워서,　사는 게 하도 '지랄' 같아서였다.　그러니,　가난하고 외로운 그 시절의 사람들에게, 왜 우냐고,　왜 웃냐고 물을 것은 못되었던 것이다.

　한 번 떠난 자들에게 돌아갈 곳은 못되었던 고향에서 살아가는 사람들은 그러나,　긴 세월이 지난 지금 객관적으로 파악하자면 확실히 가난했고 외로웠다.

자, 이제 결론은 나왔다. 나는 그러니까 너무도 진부한 이유에서 글을 썼던 것이다. 다른 무엇도 아닌, 가난하고 외로워서! 가난하고 외로운 나날들의 노동이 너무 힘겨워서. 그해 여름방학, 선풍기도 없는 방안에 들어 앉아 안방에서 들려오는 아버지의 고통에 찬 앓는 소리를 들으며 나는 불현듯 글을 썼던 것이다. 나에겐 교과서 외의 책이란 위에서 언급했던, '잠시 왔다가 간 책들'뿐이었으니, 나에게 글을 쓰고 싶은 욕망을 부추긴 책읽기의 경험도 없었고 내게 글을 쓰도록 부채질한 길잡이도 없었다.

중학교를 졸업하고 내가 고등학교를 다닐 무렵 중학교 때의 국어선생님으로부터 편지를 받은 적이 있다. 선생님은 그동안에 후두암을 앓아 성대를 잘라내는 수술을 받았다. 선생님은 자신의 그 경험을 〈아스팔트를 뚫고 솟아나온 꽃〉이라는 제목으로 논픽션 공모에 응모해서 상을 받고 나서 내게 편지를 보낸 것이다.

그런 글을 쓸 줄 아는 선생님이 왜 내게 '글쓰기의 길잡이' 노릇을 해주시지 않았는지, 나는 그 선생님이 한참 동안 원망스러웠는데, 이제 와서는 차라리 그 선생님의 지도를 받지 않은 것이 오히려 잘 되었다는 생각도 든다. 왜냐하면, 그랬더라면, 나는 한낱 '절망은 없다'류의 계몽주의 글을 썼을 수도 있겠기 때문이다.

그러나, 또 생각해보면 그 선생님의 지도를 받아 내가 글쓰기를 했더라면, 나는 지금보다 훨씬, '착한 글쟁이'가 되었을 것도 같다. 착한 글쟁이가 아닌 것을 다행으로 생각하면서 착한 글쟁이 운운하는 것은 어인 일인가.

인생이란 사실 그런 것 아닌가? 사실 자기모순이란 것은 인생을 설명하는 데 있어 가장 핵심인 것이니. 그러게 자기를 잘 설명하는 사람들을 보면 나는 금방 자기모순의 극심한 혼란에 빠져들고 마는 것이리라. 자기모순에 대한 탐구, 그것도 글쓰기의 중요한 테마 가운데 하나가 아닐런가. 아, 그런데 내가 맨 처음의 내 글이라고 여겼던 그 글의 내용은 무엇이었던가.

어렴풋이 기억나는 건, 볼테르니, 비스마르크니 하는 이름들이다. 그해 봄에 부임한 열정적인 역사 선생님의 영향 탓이었을 것이다. 잘 알지도 못하는 서양 역사 속에 등장하는 인물들의 활약상을 약간의 픽션을 섞어 내 나름대로 엮어나가는 재미가 쏠쏠했다. 아버지가 잠 안자고 뭐하냐고, 낼 고구마밭 매려면 새벽에 일어나야 한다고 야단을 쳤다. 나는 스탠드불을 이불 속으로 끌어와 숨기고 밤새 무슨 글인지, 하여간 내 최초의 '소설'을 썼다. 선풍기도 없던 그 후덥지근한 여름밤에.

내 인생의 책 혹은 작가들

나는 애초에 내가 글을 쓰게 된 시초가 책이나 작가가 아니었던 이유로 책이야기나 작가이야기를 할 수가 없는 처지다. 그러한데도 나는 또 책과 작가이야기를 하지 않을 수 없다. 책이 작가를 만드는 것이 다는 아니겠지만 결국 작가를 더욱 작가일 수 있게 해주는 것은 책이기도 하기 때문이다.

나는 사실 작가가 된 지금도 틈만 나면 도스토옙스키의 작품을 읽곤 한다. 그의 글은 작가인 내게 인간에 대한 탐구욕을 자극하기 때문이다. 국내 작가들 중에서는 박경리와 황석영의 작품들을 거의 공부하듯이 읽는다.

박경리의 작품을 읽으면서 나는 작품 속에만 빠져드는 것이 아니라 박경리라는 작가가 풍기는 매력에도 빠져든다. 박경리 작가가 풍기는 매력은 한국의 어머니상 중에서도 대쪽같이 기상 높은 어머니상이다. 무엇보다 박경리라는 작가의 인품이 저 대자연의 품을 닮았다.

작가는 작품으로서만이 아니라 그 생애로서도 독자나 후배작가들에게 영향을 끼치는 법이다. 나는 박경리의 《김약국의 딸들》을 읽고 나서 박경리의 고향 통영을 그리워하게 되었다. 그리워만 하면서 아직 통영을 가보지 못하고 있다. 나는 어쩌면 통영을 영원히 가보지 않을지도 모른다. 나는 내 그리움의 실체를 쉽게 확인하고 싶지가 않다. 그리움은 그리움으로 간직해두고 싶다. 박경리는 지금 고향 통영에 잠들어 있다.

박경리가 통영사람으로 기억되는 작가라면 황석영은 고향 없는 사람으로 기억된다. 고향하면 어머니가 떠오르고 그 어머니는 남편과 자식들이 떠난 고향을 지키다 저 세상으로 가셨다. 그런 것처럼, 박경리는 통영도 그렇지만 당신이 머물렀던 원주도 후배 작가인 내게 '고향'으로 만들었다. 우리 아이들이 '엄마가 있는 곳이 우리 고향'이라고 하는 것처럼. 그런데, 남성이었던 우리 아버지가 그랬던 것처럼, 내게 황석영이라는 한 '거대한 남성 작가'는 늘 '떠도는' 이미지로 기억된다.

우리 아버지는 실제로 황석영이 《객지》라는 작품으로

형상화한 계화도 간척공사장에서 인부로 일한 적이 있다. 아버지가 그랬던 것처럼 작가 황석영도 어지간히 떠돌았던 것이다. 정주(定住)와 이동. 두 작가를 표상하는 단어들이고 근대화 바람에 고향을 잃어버린 후배 작가인 나는 여성이자 모성을 가진 사람의 본능으로 오늘도 자식들이 마음 놓고 깃들 수 있는 정주처를 찾아 헤매고 있다.

그렇게 헤매는 과정 속에서 책이 없었다면, 그 길들이 얼마나 황량했을 것인가. 그럴 때마다 꺼내보는 《김약국의 딸들》과 《토지》와 《객지》와 《한씨연대기》와 그리고 망명과 투옥의 끝에 나온 《손님》과 《오래된 정원》은 그 얼마나 다정한 내 친구들이 되어 주었던가. 작가들의 작품 속 인물들은 외롭지 않은 이가 없었고 그들의 외로움이 내 외로움을 위로해주는 것이 나는 참 행복했다.

그러나, 또 따지고 보면, 박경리나 황석영 말고도 우리가 만나고 싶은 작가들은 또 얼마나 많은가. 그 인물들이란 때로 포악하거나 사악하거나 우울한 악한일 수도 있고 그보다 더 다정할 수 없는 따뜻한 사람일 수도 있을 것이다. 그리고 그 모든 인물들은 작가의 분신이다. 또한 작가가 창조해 낸 인물들이란 기실 우리 자신들의 자화상인지도 모른다.

우리가 문학작품을 읽으면서 때로 분노하고 때로 행복해하고 때로 흠칫 놀라기도 하는 것은 내 내면 속에 감추어져 있는 또 다른 나를 발견해 내서이지 않을까. 독서행위를 통해서 우리는 내내 잊고 있었던 내 안의 또 다른 나를 발견해 내기도 하고 무심히 지나쳤던 타인의 다른 모습을 발견하거나 이해하게 되는 능력을 얻게 된다. 그것이 바로 공감능력이라는 것이다. 타인의 처지나 고통에 대해 공감능력을 획득하기 위해서는 내 자신이 타인의 처지가 되어보거나 타인의 고통을 내가 직접 경험해 보아야 하는데, 그러기에는 제약이 너무 많다. 그 제약을 단번에 돌파할 수 있는 유일한 방법은 책을 읽는 것이다.

한 사회 사람들의 소통능력은 결국 그 사회의 독서인구의 수와 비례할 수밖에 없는 것인데, 책 읽는 사람보다 책 안 읽는 사람들이 더 많은 사회에서 살아가는 일은 참으로 외롭다. 사람들은 그렇게 외로워서들 술을 마신다. 외로워서 술을 마시기보다는 책을 읽으면 훨씬 더 좋을 텐데. 나는 정말로 갈피를 잡을 수 없을 정도로 마음이 힘들 때면 소설보다는 시를 읽는다. 눈이 내리고 마음 또한 추운 날에 백석의 시를 읽는 일은 그 얼마나 호젓하고도 쓸쓸한 것이던가.

가난한 내가
아름다운 나타샤를 사랑해서
오늘밤은 푹푹 눈이 나린다

나타샤를 사랑은 하고
눈은 푹푹 날리고
나는 혼자 쓸쓸히 앉어 소주(燒酒)를 마신다
소주를 마시며 생각한다
나타샤와 나는
눈이 푹푹 쌓이는 밤 흰 당나귀를 타고
산골로 가자 출출이 우는 깊은 산골로 가 마가리에 살자
　　　　　　　— 백석 〈나와 나타샤와 흰 당나귀〉 중

　시를 읽는 내 눈에도 맑고 차가운 눈물이 흐르고 내 손
엔 어느새 소주잔이 쥐어져 있다. 한편으로 문득, 나 또한
요새는 책보다는 소주잔을 더 많이 들었다는 자각을 하면서
나는 맑은 소주를 한입에 털어 넣는다. 백석의 시는 꿈에까
지 따라와 나를 울게 하고 ….

책읽기의 효능

배가 고프면 밥을 먹고 몸이 아프면 약을 먹듯이, 책은 마음이 힘들 때 밥이 되고 약이 될 수 있겠다. 그런데 밥도 그렇지만, 특히 약은 약이 되기도 하지만 독이 될 수도 있다. 밥도 이왕이면 영양가 있는 밥을 먹어야 하겠지만 약도 가려먹어야 한다. 책도 그렇다.

　몸이 한창 만들어지는 유아기나 청소년기에는 정신도 발달단계에 있으므로, 그 시기에 그가 어떤 책을 읽었느냐에 따라서 이후 그가 어떤 사람이 되느냐를 결정하는 중요한 요소가 된다. 여린 정신은 '잡식성'이다. 아무거나, 주는 대로 받아먹으려는 속성이 있다. 나는 그래서 청소년 시기의 사람들에게 많은 책을 읽기보다는 좋은 책을 읽기를 권한다.

　나는 청소년기에 책을 많이 읽지 못했다. 아니, 교과서 이외의 책이란 전혀 읽어보지 못했다고 해도 틀린 말이 아니다. 시골을 떠나 광주에서 자취를 했던 나는 하루하루가 연탄불과의 투쟁이었다. 학교에 가서도 자취방에 연탄불 꺼질 것을 걱정하고 앉았다가 자취방에 와서 결국 꺼진 연탄불 살려내는 생활 속에서 내 정신은 독서에 가 닿을 기회를 잡지 못했다. 연탄불 겨우 살려서 밥해먹고 빨래하고 나서 수학문제 좀 풀고 영어 독해 좀 하다가 잠이 들곤 했다.

그때나 지금이나 고등학교 선생님 중, 대학에 안 가도 좋다는 말을 해주는 분은 그리 많지 않다. 내가 다니던 학교의 선생님 중에서도 대학의 중요성 이외의 말을 해주는 분은 없었다. 공부를 잘하건 못하건 모든 아이들은 다 대학을 향하여 일로매진하는 분위기 속에서 나 또한 '아무 생각 없이' 대학 가는 공부를 할 수밖에 없었다. '아무 생각이 없는' 것은 내가 그만큼 독서를 안 했기 때문인 것 같다. 속없이 산다는 것은 자기 인생에 대한 크나큰 죄악이다. 생각이 없다는 것은 어리석다는 말과 크게 다르지 않다. 청소년 시기에 책을 많이 읽고 글쓰기 능력이 생긴다면, 그는 다른 사람이 대학 간다고 덩달아 나도 간다는 생각 따위 하지 않을 것이다.

사람의 생각의 능력은 언어의 능력일지도 모른다. 사람들은 다들 자신이 쓰는 언어로 사고하게 되어 있다. 꽃을 보고 아름답다고 말한다는 것은 아름답다 라고 생각한 것을 발설한 것이 된다. 그러하므로 한 사람이 기억하는 언어의 총량은 그 사람의 사고의 크기를 결정짓게 되어 있는 것이다.

공선옥

쳐부수고 박살내자는 폭력적 언어만을 아는 사람은 폭력적 사고를 할 수밖에 없고 생각한 대로 살아갈 수밖에 없다.

언어는 그래서 정신의 모든 것이고 우리 삶의 형태를 결정짓는 결정적 지렛대가 된다. 자신이 어떤 사람이 되고 싶다는 생각을 했다면 어떤 언어를 쓰고 어떤 언어를 습득할 것인가를 고민해야 한다. 경제용어만 아는 사람은 그 일생 자체를 경제만 생각하는 사람으로 살아가게 마련이다. 그러하므로 청소년 시기에는 '언어', 곧 말을 그 여린 영혼 속에 채워넣어야 한다. 창고에 갈무리하듯이 차곡차곡. 외국책을 우리말로 번역하는 능력은 우리말을 얼마나 많이 알고 있느냐에 달려 있다. 좋은 번역자의 자질은 결국 외국말을 얼마나 잘 아느냐보다 우리말 능력에 더 달려 있는 것이다. 그런 이유로도 가장 먼저 추천하고 싶은 책은 벽초 홍명희의 《임꺽정》이다. 가히 우리말의 보고(寶庫)라 아니할 수 없다.

우리말 한 단어에 외국말 열 가지를 대입하려고 하기보다 외국말 한 가지에 우리말 열 가지를 대입하는 능력이야말로 참 능력이다. 책을 읽고 글을 쓰고 우리말을 잘 구사할 줄 아는 능력이 있으면 그가 곧 '능력자'라 할 수 있을 것이다. 거기다 노동할 수 있는 능력만 있다면.

책읽기와 글쓰기와 일하기

책읽기와 글쓰기와 일하기. 말하자면 책 읽고 글쓰는 시간
을 확보할 수 있는 노동하기. 그만큼의 노동만 해도 책 읽
고 글을 쓰며 살 수 있는 삶. 나는 그런 삶을 꿈꾼다. 내 삶
을 기준으로 계산해보면, 사실 우리 인생에서 그렇게 많은
돈을 벌어야 할 이유가 없다. 화계사 주지 수경 스님의 일갈
은 그래서 참으로 맞는 말이다. 그는 말했다. 사람을 살리
는 것은 집 '값'이 아니라 집이라고. 그러나 우리는 집이 아
니라, 집값을, 옷이 아니라 옷값을, 생명을 유지시켜주는
것으로서의 음식이 아니라 그 이상의 맛과 영양을 따진 음
식을 고민하고 추구하고 사느라 언제 책을 읽고 언제 글을
쓰는 삶을 살지 못한다.

　책을 읽는다는 것은 내 영혼을 각성시키는 일이다. 글을
쓴다는 것은 내가 동물로서의 인간이 아니라 인간으로서의
인간으로 살고자 하는 최소한의 행위다. 책을 읽고 글을 쓴
다는 것은 내 안에 갇혀 있는 나를 확장시키고 확장된 내 인
식 안으로 타인을 들이는 일이다. 책을 읽고 글을 쓰는 삶
이 일상화될수록 집이 아니라 집값을, 옷이 아니라 옷값을,

음식이 아니라 음식값을 따지는 사람들은 그만큼 줄어들 것이다.

책을 읽고 글을 쓰는 것이 일상화되지 않은 삶을 살아가는 사람들이 많다는 것은 그만큼, 어린아이의 세계를 벗어나지 않은 삶을 살고 있다는 말이 된다. 어린아이들은 골목에 나가 동무들에게 우리 집에 얼마나 큰 것이 있는지, 얼마나 좋은 것이 있는지, 얼마나 멋진 것이 있는지를 질세라 곧잘 자랑하곤 했다. 어른들이 곧 죽어도 남보다 좋은 옷을 입으려 하고 남보다 비싼 집에 살려 하고 남보다 좋은 음식을 먹으려 드는 것은, 그가 아직 어린아이의 인식세계에서 한 발짝도 벗어나지 못한 삶을 살고 있다는 방증이다. 그는 똑같은 인식세계를 가진 누군가에게 가서 부끄러운 줄도 모르고 자랑하고 싶어 할 것이다. 내가 얼마나 비싼 옷을, 내가 얼마나 좋은 집을, 내가 얼마나 맛있는 음식을 먹었는지를 말이다.

'자랑하고 싶은', 말하자면 과시하면서 살고 싶은 욕망을 충족시켜줄 돈을 벌기 위해 그들은 오늘도 책도 안 읽고 글도 안 쓰고 '모든 인간적인 삶'을 기약할 수 없는 미래의 일로 미뤄둔 채 다람쥐 쳇바퀴 돌 듯 바쁘다. 심지어 어쩌다 책을 읽고 글을 쓴다 해도 그 책읽기와 글쓰기가 '과시용' 이 되기 십상이다. 그리해서는 절대로 영혼을 각성시킬 책 읽기도 인식을 확장시킬 글쓰기도 이룰 수 없다.

책을 읽으려면 당장에는 아무 이득도, 성과도, 효과도 주지 않는 책을 힘들게, 괴롭게 읽을 필요가 있다. 이 세상 에는 아무런 이득도, 눈에 보이는 성과도 주지 않는 것도 있음을 그런 '무익한' 책읽기를 통해 경험할 필요가 있는 것 이다. 누구에게 지식을 자랑하고자, 돈벌이를 잘하기 위 해, 치장으로서의 책읽기를 하려고 든다면 그야말로 그 또 한 어린아이의 책읽기가 아니고 무엇이랴.

지금 우리들이 바쁜 삶의 한쪽에서 읽어주기를 애타게 기다리는 책들이 있다. 사람들이 그 책들을 방치해두는 만 큼, 술집으로, 옷집으로, 증권사 객장으로, 시장으로, 전 쟁터로 나가는 만큼, 책들은 버려지고 우리 삶은 황폐해질 것이다. 누군가는 책 한 권을 만들기 위해 나무 몇 그루가 사라졌다고 탄식하기도 하지만, 책을 안 읽어서 지구는 더 망가진다. 책 때문에 사라진 나무를 심을 마음도 사실은 책 을 읽어서 획득할 수 있는 깨달음이기 쉽다. 책을 읽지 않으면 그 어떤 이유로든 사람들은 나무를 베어내고 베어낸 나무를 팔 궁리를 하느라 밤낮을 지새울 것이다.

　동물 중에 가장 무서운 동물은 경제동물이다. 이득을 위해서는 도덕심도 수치심도 내던져 버리는 그 무모함을 제지할 수 있는 강력한 힘도 사실은 책에서 나온다. 책을 읽지 않으면, 인간다운 삶을 한 번도 살지 못하고 일생을 마감하는 일이 반복될 것이다. 그 얼마나 슬픈 일인가. 우리는 결국 더 좋은 집에 더 좋은 음식에 더 좋은 옷을 입기 위해서가 아니라, 책을 읽고 글을 쓰기 위해 노동을 하는 삶을 살아야 한다. 그러고도 남는 시간에는 산책과 한 잔의 차를 나눠 마시는 친교를 하면서.

도종환

부드러우면서도 곧은 시인, 앞에는 아름다운 서정을 두고 뒤에는 굽힐 줄 모르는
의지를 두고 끝내 그것을 일치시키는 시인으로 불리는 도종환 시인은 충북 청주에서
태어났다. 중학교 국어교과서에 시 〈어떤 마을〉이, 고등학교 문학, 국어교과서에
〈흔들리며 피는 꽃〉 등 여러 편의 시와 산문이 실려 있어 학생들이 배우고 있다.
현재 한국작가회의 사무총장, 한국간행물윤리위원회 위원을 맡고 있으며,
신동엽창작상, 민족예술상, 2006 올해의 예술상 등을 수상하였고, 2006년에
'세상을 밝게 만든 100인'에 선정되기도 하였다. 그동안 펴낸 시집으로
〈고두미 마을에서〉, 〈접시꽃 당신〉, 〈사람의 마을에 꽃이 진다〉, 〈부드러운 직선〉,
〈슬픔의 뿌리〉, 〈해인으로 가는 길〉 등이 있다. 산문집으로는 〈그때 그 도마뱀은
무슨 표정을 지었을까〉, 〈모과〉, 〈사람은 누구나 꽃이다〉, 〈마지막 한번을 더
용서하는 마음〉 등이 있고, 동화 〈바다유리〉, 〈나무야 안녕〉을 펴냈다.

시에서
배우는
삶의
지혜

시인은 우리가 보는 것을 다른 시각에서 바라봅니다. 일상적으로 행동하고 관행적으로 받아들이고 있는 것을 새로운 눈으로 보면서 우리가 생각하지 못하던 것을 드러내 보여줍니다.

제가 쓴 시 중에 〈부드러운 직선〉이라는 시가 있습니다. 직선은 부드럽지가 않지요. 부드러운 선은 곡선입니다. 그런데 제가 부드러운 직선이라고 말한 데는 저 나름의 이유가 있습니다. 이 시는 우리나라 고건축의 추녀를 보고 쓴 시입니다. 사찰이나 고건축의 추녀가 지니고 있는 유려한 아름다움은 한국의 미를 대표하는 것이기도 합니다. 멋들어지게 휘어져 올라간 추녀의 곡선, 부챗살처럼 펼쳐진 아름다운 모습은 서양 건축에서는 찾아볼 수 없는 것이며, 일본 건축물이나 중국의 고건축과도 다른 독특한 아름다움을 지니고 있습니다. 그런데 그렇게 멋진 추녀의 곡선이 휘어진 나무로 만든 것이 아니라 직선의 나무들을 일정한 간격으로 배치해서 만들어낸 건축의 미학이라는 것입니다. 직선의 나무로 만들어 낸 곡선의 유려한 아름다움, 그것을 저는 '부드러운 직선'이라는 시어로 표현했습니다. 이런 표현은 앞뒤가 안 맞는 말이라서 모순어법, 또는 시적 역설이

시에서 배우는 삶의 지혜

라고 합니다.

유치환 시인의 〈깃발〉이라는 시에는 '이것은 소리 없는 아우성'이란 표현이 있습니다. 아우성이란 '여럿이 기세를 올리며 악을 써 지르는 소리' 또는 '여럿이 뒤섞여 부르짖는 소리'를 말합니다. 그런데 시인은 '소리 없는 아우성'이라고 했습니다. 앞뒤가 안 맞는 모순된 말이지요. 아마 가까이서 들었다면 마치 아우성치는 것처럼 들렸겠지만 깃발이 멀리 있어서 소리가 들리지 않는 것을 그렇게 표현했는지도 모르겠습니다. 교과서에서 이 시를 배우면서 우리는 시인의 독특한 발상을 틀렸다 라고 생각하지 않고 재미있게 받아들입니다.

김영랑 시인의 시 〈모란이 피기까지는〉에 나오는 '찬란한 슬픔' 이런 시적 표현도 역설적 표현에 해당합니다. 슬픔은 눈물이 나고 참기 힘들고 아픈 마음의 상태입니다. 그러니까 슬픔은 절대 찬란할 수 없습니다. 고통스러울 뿐이지요. 그런데 시인은 그 슬픔이 찬란하다고 말합니다. 그렇게 말하는 데는 무슨 이유가 있을 겁니다. 이 시에는 몇 군데 재미있는 표현이 있습니다.

도종환

모란이 피기까지는
나는 아직 나의 봄을 기다리고 있을 테요

이 시는 이렇게 시작합니다. 모란꽃은 언제 핍니까? 4월 말에서 5월 초순경에 핍니다. 그러면 이미 봄이 한창인 때입니다. 어떤 꽃은 피었다 이미 져버린 지 오래인 봄입니다. 그런데 시인은 봄을 기다리고 있겠다고 합니다. 무슨 봄을 기다린다는 것일까요? '나의 봄'을 기다린다는 겁니다. 이미 계절은 봄이 된 지 오래지만 '나의 봄'은 오지 않았다는 겁니다. 그 봄은 어떻게 오는 걸까요? 모란이 피어야 오는 겁니다. 모란이 무슨 꽃이기에 모란이 피어야 나의 봄이 온다는 걸까요? 모란은 시인의 말을 빌리면 '뻗쳐오르던 내 보람'입니다. 보람이고 희망이며 내가 바라고 기대하는 그 어떤 것의 표상입니다. 그것이 내 곁에 함께 있어야 봄이라고 생각하는 겁니다. 그런데 그 모란이 뚝뚝 떨어져 버리면 어떻게 됩니까? '봄을 여읜 설움'에 잠기게 됩니다.

오월 어느 날 그 하루 무덥던 날
떨어져 누운 꽃잎마저 시들어 버리고는

천지에 모란은 자취도 없어지고
뻗쳐오르던 내 보람 서운케 무너졌느니
모란이 지고 말면 그뿐 내 한 해는 다 가고 말아
삼백예순날 하냥 섭섭해 우옵네다

이렇게 말합니다. 시인은 뻥이 좀 셉니다. 자기가 겪은 슬픔이 가장 큰 슬픔이라고 생각하고 자기가 겪은 아픔이 제일 큰 아픔이라고 생각합니다. 슬픔을 과장하려는 마음이 낭만주의자의 특징이긴 하지만 아무리 슬퍼도 일 년 삼백예순날을 늘 섭섭해서 울며 지내진 않을 겁니다. 아무래도 좀 과장된 슬픔의 표현인 것 같다고 생각하다 다시 읽어보니 삼백예순닷새 운다고 하지 않았습니다. 그러면 닷새는 안 운다는 말이지요. 그 닷새 동안은 울지 않는 이유가 무엇일까요? 그때는 모란이 내 곁에 피어 있는 날입니다. 그래서 시인은 마지막으로 이렇게 말합니다.

모란이 피기까지는
나는 아직 기다리고 있을 테요 찬란한 슬픔의 봄을

도종환

그렇습니다. 모란이 지고난 뒤 늘 슬픔 속에서 지내지만 모란은 반드시 다시 필 것이고 그러면 내 슬픔은 찬란하게 승화될 것이라고 믿는 거지요.

시인은 그런 사람입니다. 다른 이들이 이미 다 끝났다, 이제는 더 기대할 수도 없고 포기해야 한다고 말할 때도 다시 기다리겠다고 말하는 사람입니다. 자기가 바라던 것이 무너지고 꽃 피지 않는 시기가 오래갈 것이 틀림없는데도 그 꽃은 반드시 다시 핀다고 믿는 사람입니다. 믿고 기다리자고 우리에게 속삭이는 사람입니다. 지금 슬픈 사람들에게 그 슬픔은 반드시 찬란하게 승화될 것이라고 말하는 사람입니다. 그래서 시인의 언어에 귀 기울일 필요가 있습니다.

정호승 시인은 〈내가 사랑하는 사람〉이란 시에서 이렇게 역설적으로 이야기합니다.

나는 그늘이 없는 사람을 사랑하지 않는다
나는 그늘을 사랑하지 않는 사람을 사랑하지 않는다
나는 한 그루 나무의 그늘이 된 사람을 사랑한다
햇빛도 그늘이 있어야 맑고 눈이 부시다

나무 그늘에 앉아
나뭇잎 사이로 반짝이는 햇살을 바라보면
세상은 그 얼마나 아름다운가

나는 눈물이 없는 사람을 사랑하지 않는다
나는 눈물을 사랑하지 않는 사람을 사랑하지 않는다
나는 한 방울 눈물이 된 사람을 사랑한다
기쁨도 눈물이 없으면 기쁨이 아니다
사랑도 눈물 없는 사랑이 어디 있는가
나무 그늘에 앉아
다른 사람의 눈물을 닦아주는 사람의 모습은
그 얼마나 고요한 아름다움인가
　　　　　　　— 정호승 〈내가 사랑하는 사람〉 전문

　사람의 얼굴이 그늘져 있으면 보기에 안 좋습니다. 얼굴
에도 그늘이 없어야 하고 인생에도 그늘이 없기를 바랍니
다. 그런데 시인은 그늘이 없는 사람을 사랑하지 않는다고 말합
니다. 왜 그늘이 없는 사람을 사랑하지 않는다고 했을까요.
그늘은 어두운 곳입니다. 햇볕이 들지 않아서 습기 차고 성

도종환

장의 속도가 느리고 힘겨운 곳입니다. 왜 그런 그늘을 사랑하지 않는 사람을 사랑하지 않는다고 했을까요. 이 시에서 이야기하는 그늘의 의미가 무엇일까를 생각하다 판소리하는 분들이 말하는 '그늘'이란 말이 떠올랐습니다. 판소리를 직접 하지는 못하지만 듣기를 좋아해서 소리를 들어보면 어느 정도인지 잘 구별해내는 분들을 귀명창이라고 한답니다. 그 귀명창이 판소리를 듣고 난 뒤에 "저 사람 소리엔 그늘이 없어"라는 말을 할 때가 있답니다. 그늘이 없다는 말은 소리 속에 생의 그늘, 즉 쓰고 맵고 어렵고 힘든 인생살이가 녹아 있는 소리는 아직 아니라는 뜻이랍니다. 그러니까 소리 하나도 그 속에 인생의 고난과 시련과 좌절과 아픔이 녹아 있는 소리가 진짜 득음의 경지에 이른 소리라는 것입니다. 어디 소리만 그렇겠습니까? 인생도 마찬가지이지요.

판소리에서 이야기하는 그늘과 이 시에서 이야기하는 그늘이 같은 의미를 가진 것이라는 생각을 합니다. 그러니까 인생의 아프고 힘들고 어렵고 고통스러운 면을 사랑하지 않는 사람을 사랑하지 않는다는 것이지요. 인생의 시련과 고통과 좌절과 절망을 사랑할 줄 모르는 사람을 나는 사랑하지 않는다는 뜻이지요. '햇빛도 그늘이 있어야 맑고 눈이 부시다'고 시인은 말합니다. 그늘을 경험했기 때문에 햇빛이 맑고 눈이 부신 것입니다. 우리는 그늘이 없고 햇빛만이 계속 이어지는 삶을 바랍니다. 그러면 햇빛이 고마운 것을 잘 알지 못합니다. 그늘이 있기 때문에 상대적으로 햇빛이 돋보이는 것입니다. 그늘을 겪고 난 뒤에 '나무 그늘에 앉아 / 나뭇잎 사이로 반짝이는 햇살을 바라보면'서 세상이 아름답다고 느끼는 사람이 되어야 한다는 것입니다. 그늘을 경험하고 난 뒤에 그늘도 보고 햇살도 볼 줄 아는 사람, 그늘을 겪고 난 뒤에도 세상을 원망하거나 분노하는 일에 매어 있지 않고 그래도 세상은 얼마나 아름다운 곳인가 하고 말할 줄 아는 사람, 그런 사람을 사랑하겠다는 것입니다.

양지만을 택하여 자란 사람보다 그늘을 겪어서 양지를 고맙게 받아들이는 사람이 더 큰일을 할 수 있는 사람입니다. 일본의 사상가 모리오카 마사히로는 "고통 없는 인생은 우리의 미래에 놓인 달콤한 덫"이라고 합니다. 고통과 시련은 자신의 오래된 낡은 껍질을 벗어버리고 지금까지 알지 못했던 새로운 자신과 만나게 하는 기쁨이 된다고 모리오카 마사히로는 말합니다. 그 기쁨은 고통이나 괴로운 일에 직면했을 때 도망가지 않고 자기 자신을 해체하고 바꾸고 재

44
도종환

생시킬 때 다가온다고 합니다.

눈물을 사랑하는 사람은 힘들고 고통스러운 인생을 사랑할 줄 아는 사람입니다. 눈물의 의미를 알아야 참된 기쁨이 무언지도 아는 것입니다. 그래야 남의 고통도 알고 다른 사람의 눈물도 닦아줄 줄 아는 사람으로 살아가는 것입니다. 그래야 세상이 아름다워지는 것입니다. 우리는 이런 시를 통해 인생을 어떻게 살아야 하는가를 배우게 됩니다. 시의 역설적 표현 속에는 이처럼 역설의 진리가 들어 있습니다. 시를 가까이 하면 바로 이런 역설의 진리를 알게 되고 용기를 얻게 됩니다.

다이애나 루먼스의 〈만일 내가 다시 아이를 키운다면〉이라는 시도 그렇습니다.

만일 내가 다시 아이를 키운다면
먼저 아이의 자존심을 세워주고
집은 나중에 세우리라.

아이와 함께 손가락 그림을 더 많이 그리고
손가락으로 명령하는 일은 덜 하리라.

아이를 바로잡으려고 덜 노력하고
아이와 하나가 되려고 더 많이 노력하리라.
시계에서 눈을 떼고 눈으로 아이를 더 많이 바라보리라.

만일 내가 다시 아이를 키운다면
더 많이 아는 데 관심 갖지 않고
더 많이 관심 갖는 법을 배우리라.

자전거도 더 많이 타고 연도 더 많이 날리리라.
들판을 더 많이 뛰어다니고 별들도 더 오래 바라보리라.

더 많이 껴안고 더 적게 다투리라.
도토리 속의 떡갈나무를 더 자주 보리라.

덜 단호하고 더 많이 긍정하리라.
힘을 사랑하는 사람으로 보이지 않고
사랑의 힘을 가진 사람으로 보이리라.
　　　— 다이애나 루먼스 〈만일 내가 다시 아이를 키운다면〉 전문

이 시는 '만일 내가 다시 아이를 키운다면'이라는 가정을 전제로 하고 쓴 시입니다. 그러니까 나는 아이를 이렇게 잘 키웠다는 이야기를 하고 있는 게 아니라 잘 키우고 싶은 이상과 그렇지 못한 현실 사이에서 갈등하고 괴로워하다 한 번만 다시 기회가 주어진다면 이번에는 이렇게 키우겠다는 소망이 들어 있는 시입니다. 그러면서 아이를 키울 때 가장 중요하게 생각해야 할 게 무엇인지, 잘 키우겠다는 생각 속에 들어 있는 욕심보다 더 중요하게 생각해야 할 것이 무엇인지를 알려줍니다. 우리가 아이에게 세워주어야 할 것은 집이 아니라 자존심이라는 것. 아이를 바로잡으려고 노력하는 것보다 아이와 하나 되려고 노력해야 한다는 것. 더 많이 관심 갖고 더 많이 껴안고 더 적게 다투어야 한다는 것을 알려줍니다. '뒤집어 말하기' 방식으로 쓴 이 시는 교육적으로 누구를 꾸짖기 위해 쓴 시가 아닙니다. 우리가 아이들을 어떻게 사랑해야 하는가를 다시 생각해보게 할 뿐입니다.

사회학자 에리히 프롬은 사람이 갖고 있는 가장 뿌리 깊은 욕구 중의 하나가 인정감이라고 합니다. 누구에게든 인정받고 싶어하는 욕구가 있다면 다른 사람과의 관계에서 가장 중요하게 생각해야 할 것 중의 하나가 남을 있는 그대로 인정하는 일입니다. 내 아이가 인정받으며 성장하면 자긍심을 갖게 되고 그것은 자신감으로 바뀌게 됩니다. 그 자신감으로 스스로 살 집을 마련하게 하는 일이 중요하다는 것입니다.

사람을 가장 제대로 사랑하는 것은 있는 그대로 사랑하는 것입니다. "나를 이해해줘. 나에게 당신과 다른 점들이 많이 있지만 그걸 존중하고 내 약점을 받아들여줘. 당신이 바라는 모습이 아니라 있는 그대로의 나를 사랑해줘." 사람에게는 이런 기본적인 욕구가 있다고 하버드 의대에서 임상심리학을 강의하고 있는 제니스 R. 리바인은 말합니다.

그런데 사람은 양가적입니다. 나 자신은 있는 그대로 인정받기를 바라면서 남은 있는 그대로 인정하기를 주저합니다. 자기가 만들어 놓은 기준과 잣대에 맞아야지만 인정합니다. 그러나 지금 내 앞에 있는 사람이 나와 운명적인 관계에 있는 사람, 나와 오래 함께 있고 함께 일하고 함께 지내야 할 사람이라면 순서를 바꾸어 보면 어떨까요? 내 자식, 내 남편, 내 아내, 내 부모, 내 형제, 내 동료, 내 아랫사람에게 먼저 기준과 잣대를 적용하여 그 기준에 맞아야지만 인정하겠다고 생각하면 그는 내게 늘 부족한 존재이고 모자

도종환

라는 사람입니다. 그러나 먼저 그를 있는 그대로 인정하고 받아들인 다음 그가 나를 닮아가게 하거나 서로 변화해가는 쪽을 택하면 어떨까요? 사람은 인정감에 목말라 하기 때문에 내가 상대방을 인정하면 그는 그것을 예민하게 알아챕니다. 내가 그를 있는 그대로 인정하고 있다는 걸 알면 그와 나 사이에는 새로운 시너지가 발생합니다. 좋은 관계가 되고 창조적인 일들이 생기게 됩니다. 그러면 서로 닮고 싶고 서로 좋은 영향을 주고 싶어합니다. 그런 뒤에 그의 부족한 점, 내 눈에 차지 않는 점을 천천히 바꾸어 나가도 그는 화내지 않습니다. 도리어 고맙게 생각합니다. 순서를 이렇게 바꾸는 일이 현실에서는 어려워서 늘 가까이 있는 사람과 다투고 상처주고 실망하고 등을 돌리게 되는 겁니다.

그래서 다이애나 루먼스는 '바로잡으려고 덜 노력하고' '하나가 되려고 더 많이 노력'해야 한다는 것입니다. '더 많이 껴안고 더 적게 다투'며 살 수 있어야 한다는 겁니다. '덜 단호하고 더 많이 긍정하리라.' 그런 생각으로 바꾸어 보십시오. 단호하고 명령하고 질책하고 그래야만 내가 원하는 사람으로 변화하는 것은 아닙니다. 다투는 시간보다 하나가 되려고 노력하는 시간이 있어야 변하는 겁니다. 부족한 점만을 쳐다보고 있기보다 부족한 점이 있는 게 당연하다는 관점에서 상대방을 바라보고 믿고 기다려 주는 아량이 필요합니다. 제니스 R. 리바인은 "사랑하는 두 사람이 서로를 있는 그대로 기꺼이 받아들일 때 은총은 시작된다"고 말합니다. "사랑은 우리가 완벽함을 단념하고 인간의 결함 속에 깃든 아름다움을 깨달을 때 완벽해진다"는 것입니다.

우리는 모두 특별한 사람을 만나 특별한 사랑을 하게 되기를 꿈꿉니다. 내 자식이 특별한 사람이어야 한다고 생각하고, 내가 사랑하는 사람, 내 남편, 내 아내, 내 동료와 내 직원들이 특별한 사람이어야 한다고 생각합니다. 그러나 특별한 사랑은 특별한 사람을 만나야 이루어지는 것이 아니라, 누구를 만나든 그를 특별히 사랑할 때 이루어지는 것입니다. "내 어머니가 비록 나환자일지라도 클레오파트라와 바꾸지 않겠다"는 유명한 말은 특별한 사랑이 어떤 것인가를 잘 보여주는 말입니다. 어머니로부터 받은 사랑이 있기 때문에 어머니와 나는 특별한 사람이 된 것입니다. 그래서 누가 뭐래도 어머니는 내게 특별한 사람인 것입니다. 내 마음에 드는 부분만 사랑하는 사랑은 조건부 사랑입니다. 있는 그대로의 그를 사랑하고 그 사랑이 서로에게 스며들어

도종환

함께 닮아가는 사랑이 아름다운 사랑입니다. 아니 그의 부족한 부분까지 끌어안아 사랑할 수 있어야 큰 사랑입니다.

'도토리 속의 떡갈나무를 더 자주 보'는 사람이어야 합니다. 도토리 속에 떡갈나무가 있을까요? 없다고 대답할 수도 있고 있다고 대답할 수도 있겠지요. 지금은 도토리 속에 떡갈나무가 없지만 그 도토리가 땅에 떨어져 썩어서 새순을 내서 떡갈나무가 되는 거 아닙니까? 그러니까 도토리 속에는 떡갈나무가 될 가능성이 들어 있는 거지요. 내 아이 내 주위에 있는 사람이 어떤 나무가 될 가능성을 가진 사람인지 자주 살펴보는 사람이 되어야 한다는 것입니다. 이런 사람은 과정중심적 사고로 대상과 사람과 일을 바라봅니다. 그런데 올해 떡갈나무에 도토리가 얼마나 열렸어? 그런 생각으로 떡갈나무를 보는 사람은 결과중심적 사고로 대상을 바라보는 사람입니다. 그런 사람은 운동경기에 대해 물을 때 "이겼어? 졌어?" 이걸 제일 먼저 물어봅니다. 살면서 이겼는지 졌는지 됐는지 안 됐는지 이런 결과는 중요합니다. 그러나 매사를 이런 결과만을 가지고 사람을 평가하기보다 오래 지켜보며 믿고 기다려주는 자세가 더 필요합니다. 살다보면 이길 때도 있고 질 때도 있는 게 인생입니다. 이기

시에서 배우는 삶의 지혜

면 내 사람이지만 지면 바로 내팽개치는 윗사람이 아니라 그의 평소 실력, 그의 자세, 그의 가능성 이런 걸 보고 믿어주는 사람이 진정으로 나무도 사랑하고 도토리도 사랑하는 사람입니다.

군자 화이부동 소인 동이불화(君子 和而不同 小人 同而不和)라는 말이 있습니다. 《논어》에 나오는 말입니다. "그릇이 큰 사람은 화목하되 부화뇌동하지 아니하며 그릇이 작은 사람은 같은 점이 많은데도 불구하고 화목하지 못하다"는 말입니다.

화는 다양성을 인정하는 것을 의미합니다. 관용과 공존과 평화의 논리입니다. 반면에 동은 다양성을 인정하지 않고 획일적인 가치만을 용납하는 것을 의미합니다. 지배와 싸움과 힘의 논리입니다. '힘을 사랑하는 사람'은 '동(同)의 논리'로 살아가는 사람입니다. 그러나 '사랑의 힘을 가진 사람'은 '화(和)의 논리'로 살아가는 사람입니다.

'화(和)의 논리'는 자기와 다른 가치를 존중합니다. 문명과 문명, 국가와 국가 간의 모든 차이를 존중합니다. 이러한 차이와 다양성이 존중됨으로써 비로소 공존과 평화가 가능하며 나아가 진정한 문화의 질적 발전이 가능한 것입니다.

도종환

우리는 지금까지 앞만 보고 달려오는 삶을 살아왔습니다. 서구사회가 삼백 년에 걸쳐 이룩한 성장을 삼사십 년 만에 달성한 나라입니다. 사회전체가 양적 성장을 향해 치달려 왔기 때문에 개인도 그렇게 살아왔습니다. 살아남기 위해 최선을 다했다고도 말하고 낙오하지 않기 위해 정신없이 앞만 보고 살아왔다고도 말합니다. 그러는 동안 우리는 세상이 약육강식, 적자생존의 원리로 운영된다고 믿어왔습니다. 강한 자가 되지 않으면 살아남지 못한다고 믿고 있습니다. 모두 강자의 반열에 들기 위해 사투를 벌이는 것이 당연하다고 받아들였고 우리 아이들도 강자가 되지 않으면 안 된다고 생각하고 있습니다. 이른바 정글의 법칙이 생존의 원리라고 믿고 있고 나와 내 가족 우리 자식들이 거기서 어떻게든 살아남을 수 있게 키워야 한다고 믿고 있습니다. 우리 가슴속에 자리 잡은 그 생각을 사회진화론이라 부릅니다.

그러나 정작 밀림에서 수십 년씩 살면서 동물의 세계에 대해 연구한 동물행동학자들의 이야기를 들어보면 동물의 세계에서 생존의 첫째 원리는 약육강식이 아니라 공존 공생이라는 것입니다. 정글은 강한 자만이 살아남을 수 있는 참혹한 살육의 현장이 아니라 서로 도와가며 살아야 잘 살아

남을 수 있는 공동체의 터전이라는 것입니다. 비투스 드뢰셔에 의하면 사바나개코원숭이들의 사회에서 우두머리는 가장 힘이 세고 사나운 수컷이 아니라 지혜로운 암컷들입니다. 뱀처럼 치명적인 독이나 무기를 가진 동물들도 같은 종끼리 싸울 때는 서로에게 독을 사용하지 않는다고 합니다. 같은 종끼리 잔인하게 서로 해치고 죽이는 동물은 사람이 으뜸입니다. 강한 자만이 살아남는다는 폭력적인 원칙이 옳다면 지금 세상에는 크고 막강한 괴물들만이 남아 있어야 할 것입니다.

크로포토킨은 상호투쟁만이 자연법칙이 아니라 상호부조 역시 자연법칙이라고 합니다. 다윈도 자연의 변화에 가장 적응을 잘한 종들은 육체적으로 강하거나 제일 교활한 종들이 아니라 공동체의 이익을 위해 강하든 약하든 동등하게 서로 도움을 주며 합칠 줄 아는 종들이었다고 말하고 있습니다. 서로 도우며 살 줄 아는 사회성, 상호부조의 태도가 진화의 중요한 요인이라는 것이 그들의 생각입니다. 어떤 새매는 약탈하기에 아주 적합한 유기조직을 가지고 있는데도 사라져 가는 데 비해 사회성이 발달된 오리의 경우는 빈약한 유기조직을 가지고 있지만 종의 숫자가 셀 수도 없이 많습니다. 공동체의 구성원이 배고프고 목이 말라 먹이를 달라고 요청하면 이미 삼킨 먹이도 게워 나누어 주는 것이 개미에게는 의무라고 합니다. 밀림이 조화와 평안함으로만 이루어져 있진 않지만 평화와 공생의 새 힘을 얻을 수 있는 곳이야말로 자연이며 자연은 결코 살육의 현장이 아니라는 것입니다.

우리는 지금까지 힘을 사랑하는 사람으로 살아왔습니다. 그러나 앞으로도 계속 그런 사람으로 살지 않으면 안 된다는 생각에서 조금씩 벗어나야 한다고 생각합니다. 주위 사람들에게 힘만을 숭배하는 사람으로 보이기보다 사랑의 힘을 가진 사람으로 보이는 사람이 되어야 합니다. 내 자식이나 내 주위 사람들에게 사랑의 힘을 가진 사람으로 보이는 것이 인격적으로도 한 단계 더 높아지는 것일 뿐만 아니라 우리 스스로도 그런 삶을 선택해야 합니다. 그것이야말로 자신의 삶을 질적으로 높이고 정신적으로도 성숙하게 하는 길입니다.

만일 네가 모든 걸 잃었고 모두가 너를 비난할 때
너 자신이 머리를 똑바로 쳐들 수 있다면,

만일 모든 사람이 너를 의심할 때
너 자신은 스스로를 신뢰할 수 있다면,

만일 네가 기다릴 수 있고
또한 기다림에 지치지 않을 수 있다면,
거짓이 들리더라도 거짓과 타협하지 않으며
그 미움에 지지 않을 수 있다면,
그러면서도 너무 선한 체하지 않고
너무 지혜로운 말들을 늘어놓지 않을 수 있다면,

만일 네가 꿈을 갖더라도
그 꿈의 노예가 되지 않을 수 있다면,
또한 네가 어떤 생각을 갖더라도
그 생각이 유일한 목표가 되지 않게 할 수 있다면,

그리고 만일 인생의 길에서 성공과 실패를 만나더라도
그 두 가지를 똑같은 것으로 받아들일 수 있다면,
네가 말한 진실이 왜곡되어 바보로 만든다 하더라도
너 자신은 그것을 참고 들을 수 있다면,

그리고 만일 너의 전 생애를 바친 일이 무너지더라도
몸을 굽히고서 그걸 다시 일으켜 세울 수 있다면,

한 번쯤은 네가 쌓아 올린 모든 걸 걸고
내기를 할 수 있다면,
그래서 다 잃더라도 처음부터 다시 시작할 수 있다면,
그러면서도 네가 잃은 것에 대해 침묵할 수 있고
너 잃은 뒤에도 변함없이
네 가슴과 어깨와 머리가 널 위해 일할 수 있다면,
설령 너에게 아무것도 남아 있지 않는다 해도
강한 의지로 그것들을 움직일 수 있다면,

만일 군중과 이야기하면서도 너 자신의 덕을 지킬 수 있고
왕과 함께 걸으면서도 상식을 잃지 않을 수 있다면,
적이든 친구든 너를 해치지 않게 할 수 있다면,
모두가 너에게 도움을 청하되
그들로 하여금
너에게 너무 의존하지 않게 만들 수 있다면,
그리고 만일 네가 도저히 용서할 수 없는 1분간을

거리를 두고 바라보는 60초로 대신할 수 있다면,
그렇다면 세상은 너의 것이며
너는 비로소
한 사람의 어른이 되는 것이다.

— 루디야드 키플링 〈만일〉 전문

이 시의 제목은 〈만일〉입니다. 왜 만일이라며 말을 시작했을까요. 누구에게나 이런 일이 일어날 수 있기 때문입니다. 만일이라고 가정하면서 왜 이렇게 구체적인 정황들을 이야기하는 걸까요. 나이 들어가며 사는 동안 이런 일들을 겪었기 때문입니다. 성공도 있었고, 실패도 있었으며, 지치도록 기다려야 하거나 거짓과 타협해야 하는 경우도 올 수 있고, 진실이 왜곡되거나, 전 생애를 바친 일이 무너질 수도 있다는 것을 경험했기 때문입니다. 이 모든 것들을 맞닥뜨릴 때마다 자신을 신뢰하고, 인내하고, 다시 시작하며, 덕과 상식을 잃지 않고, 그러면서도 너무 착한 척하지 않고, 너무 많이 아는 척하지 않는 사람이 되어주길 바라기 때문일 것입니다. 그게 비로소 한 사람이 어른이 되어가는 것임을 몸으로 체험했기 때문일 것입니다.

아래에 있는 〈담쟁이〉란 시는 내가 직장에서도 쫓겨나고 아주 어려운 처지에 있을 때 쓴 시입니다.

저것은 벽
어쩔 수 없는 벽이라고 우리가 느낄 때
그때
담쟁이는 말없이 그 벽을 오른다
물 한 방울 없고 씨앗 한 톨 살아남을 수 없는
저것은 절망의 벽이라고 말할 때
담쟁이는 서두르지 않고 앞으로 나아간다
한 뼘이라도 꼭 여럿이 함께 손을 잡고 올라간다
푸르게 절망을 다 덮을 때까지
바로 그 절망을 잡고 놓지 않는다
저것은 넘을 수 없는 벽이라고 고개를 떨구고 있을 때
담쟁이잎 하나는 담쟁이잎 수천 개를 이끌고
결국 그 벽을 넘는다.

— 도종환 〈담쟁이〉 전문

저와 비슷한 처지에 놓인 이들과 앞으로 어떻게 이 어려움을 헤쳐 나가야 할 것인가를 의논하는 자리가 있었습니다. 그런데 같이 이야기를 해봐도 별로 뾰족한 방법을 찾지 못해 답답해 하다가 창밖을 내다보았습니다. 그런데 옆의 건물 벽에 파란 담쟁이가 자라는 게 보였습니다. 늘 보던 담쟁이인데 그날은 다르게 보이는 겁니다. 그 벽은 물 한 방울 없고 흙 한 톨 없는 곳이 아닙니까? 벽을 타고 오르는 담쟁이를 보면서 저 담쟁이들은 어떻게 저런 곳에서 살까 하는 생각이 드는 것이었습니다. 나는 마음이 조급했고 나 혼자만이라도 이 어려운 처지에서 벗어나야 하는 건 아닐까 하는 생각을 하며 갈등하고 있었는데, 담쟁이는 아주 천천히 그 벽을 기어오르고 있었고 옆의 이파리들과 전부 함께 손을 잡고 벽을 오르는 것이었습니다. 내 처지도 어렵지만 저 담쟁이 중에 처음에 저런 벽에 살게 된 작은 이파리들은 얼마나 절망스러웠을까 하는 생각을 하게 되었습니다. 이 세상에는 좋은 땅도 많고 산과 숲도 많은데 싹을 내보니 그게 하필 벽이었을 때 담쟁이 어린싹은 얼마나 절망스러웠겠습니까? 그래도 살아보자고 벽을 붙들 수 있는 가느다란 실 뿌리를 내밀었을 어린 담쟁이의 모습을 상상해 보았습니다. 모든 담쟁이 잎은 가느다란 실뿌리를 내서 벽을 붙들고 있는 겁니다. 절망은 거창한 구호가 아니라 이렇게 가느다란 실뿌리를 내미는 마음으로 극복해 나가는 것이구나 하는 생각이 들었습니다. 그래서 "푸르게 절망을 다 덮을 때까지 / 바로 그 절망을 잡고 놓지 않는" 담쟁이를 보고 용기를 가지게 되었습니다. 나도 담쟁이처럼 손에 손을 잡고 내 앞에 놓인 벽을 헤쳐 나가자고 마음먹었습니다.

살면서 우리는 자주 인생의 벽을 만나게 되어 있습니다. 그때마다 그 벽을 부수거나 무너뜨리며 넘어야 합니다. 그러나 벽을 세운 힘이 있어서 쉽게 넘어가지 않습니다. 피 흘려야 하고 상처받기도 합니다. 어떤 벽도 그냥 무너지지 않습니다. 절망의 벽, 제도의 벽, 인습의 벽, 차별의 벽, 모든 벽이 그렇습니다. 그 벽을 넘는 특별한 방법을 만들면 좋지만 그게 벽을 만날 때마다 만들어지는 건 아닙니다. 그런 특별한 도구가 없으면 먼 길을 돌아서 넘어가기도 하고, 정신주의적으로 극복하고자 하기도 합니다. 아니면 벽 앞에서 더 나아가기를 포기해야 할 때도 있습니다. 그러나 담쟁이는 달랐습니다. 담쟁이는 자기 앞을 가로막는 벽을 아름다운 풍경으로 바꾸면서 넘어갑니다. 조급해 하지 않고 아픔을 과장하지 않고 여럿이 함께 손을 잡고 연대하면서 한 발짝씩 한 발짝씩 멈추지 않고 벽을 넘어갑니다. 그런 담쟁이에서 저는 인생의 벽을 넘어가는 방법을 보았습니다. 담쟁이가 보여주는 조급해하지 않는 마음, 자신감, 끈기, 포기하지 않는 자세, 연대 이런 것들이야말로 우리가 절망 속에서 다시 희망을 만들어 가게 하는 가장 중요한 요소들입니다.

킴벌리 클라크나 질레트 같은 세계적인 기업의 CEO들에게서 공통적으로 보이는 리더십은 여기에 "겸손함과 실력, 강한 의지로 자신을 철저히 다스리며 타인을 이해하고 배려할 줄 아는 마음"이 덧보태져 있다고 《따뜻한 카리스마》의 저자 이종선은 말합니다.

성공한 사람들은 시인의 언어로 말할 줄 압니다. "흔들리지 않고 피는 꽃이 어디 있으랴", "능선이 험할수록 산은 더 아름답다" 이런 시를 인용해서 말합니다.

> 나는 오늘 너에게 사랑을 무통장으로 입금시켰다
> 온라인으로 전산처리 되는 나의 사랑은
> 몇 자리의 숫자로 너의 통장에 찍힐 것이다
> ─이복희 〈온라인〉 중

이런 시를 기억합니다. 이런 시를 기억하는 사람들은 똑같은 일을 시인의 언어로 바꾸어 말합니다.

> 내게 집을 팔려고 하지 마세요. 대신 안락함과 멋진 집에 살고 있다는 자부심을 팔아주세요. 내게 장난감을 팔생각은 마세요. 대신 내 아이들에게 잊지 못할 즐거운 시간을 팔아주세요. … 제발 내게 물건을 팔지 마세요. 감동을 팔아주세요
>
> ─ 이종선 《따뜻한 카리스마》 중

이렇게 말합니다. 시인의 언어로 말하는 것은 일상의 언어로 말하는 것과 다른 품격을 만들어냅니다. 일 중심이라기보다 사람중심의 리더이며, 결과중심적 사고보다는 과정중심적 사고를 가진 사람임을 알려주는 표시입니다. 그래서 우리가 시를 읽는 것입니다. 모두들 사는 게 바쁩니다. 지치도록 일하고 공부해야 하며 한눈팔 사이 없이 일하며 살아야 합니다. 그러나 그렇게 사는 동안에도 일주일에 시 한 편은 읽는 사람으로 살아가면 남들보다 정서적 정신적으로 풍요로운 삶을 사는 사람이 될 겁니다.

신 달 자

경남 거창에서 태어나 중학교를 졸업하고 거창여고 1학년을 마지막으로
고향을 떠나 부산에서 졸업했다. 1961년 숙명여자대학교 국어국문과를
졸업하고 조교를 3년 했다. 숙명여자대학교 대학원을 졸업하고 문학박사도
취득했다. 숙명여자대학교에서 10년 동안 강사를 하고 평택대학교 교수로
7년을 재직하다가 명지전문대 문예창작과로 이동했다.
시집 《오래 말하는 사이》, 《열애》 등을 펴냈고 산문집 《백치애인》, 《나는 마흔에
생의 걸음마를 배웠다》 등을 펴냈으며 소설 《물위를 걷는 여자》도 있다.
대한민국문학상을 수상했고, 시와 시학상, 한국시인협회상을 받았다.

책은__
__나를
만들었다

책은 사람을 만든다

흔히 책은 사람을 만든다고 한다. 까짓 종이 묶은 것이, 글자 몇 개가 사람을 만든다고? 그러나 정말 생각해 보면 책이야말로 나를 만들었다고 해도 과언이 아니다. 그렇다고 어린 시절부터 책과 살았던 것은 아니다.

내 고향의 분위기는 6·25전쟁 직후 책을 가까이 할 수 있는 여건은 되지 못했다. 교과서 이외의 책을 보기 힘들었고 또한 책을 보고 싶어 하지도 않았다. 책을 필요로 하는 그 어떤 계기도 그 당시는 일어나기 쉽지 않았던 것이다. 여중시절 연애편지를 쓰기 위해 친구 집에서 책을 빌려 읽다가 편지에 김소월의 시집을 몽땅 베껴 써서 스무 번도 그 시를 내 말처럼 절절하게 썼던 기억 말고는 책을 가까이 하기에는 그 어떤 목적도 필요성도 없었던 것이다. 책보다는 먹는 것이 우선이었고 학교에서나 집에서나 친구들과 어울리는 것이 그 시절 전부이기도 했던 것이다. 그리고 나는 여고 1학년이 끝나고 부산이라는 도시로 전학을 가게 되었다. 좀더 넓은 곳에서 공부를 해 어떤 인물이 되라는 어머니 소망이 담긴 전학이었는데 나는 영 재미를 느끼지 못했던 것이다.

　내 하숙집은 한의원을 하는 집이었고 한의사는 수염이 길고 하얀 할아버지였다. 그 집에는 외아들이 하나 있었는데 마흔이 넘은 이혼남이었다. 약간 정신이상이 있어 집에서 요양을 하는 아들이었는데 이 남자는 하루 종일 음악 듣는 것을 먹는 것보다 중요하게 생각하는 남자였다. 시골에서 살다가 온 나는 그 음악 때문에 한마디로 말하면 미칠 지경이었다. 나중에 안 일이지만 모차르트, 베토벤, 바흐 뭐 이런 음악이었고 그것은 내가 듣기로는 거의 발광 직전까지 가는 어려움이 있었다. 머리가 아팠다. 그 음악은 밤이 되어도 그치지 않았고 어쩌다가 새벽에 눈을 뜨면 그 음악은 그때도 그 남자의 방에서 흘러 나왔다. 물론 음악 때문에 잠을 이룰 수 없다고 말했었다. 그러나 그것만은 할아버지도 할머니도 어쩔 수 없는 일이라고 했다. 음악을 못 듣게 하면 더 발작을 일으킨다는 것이다. 듣고 보니 그 남자가 너무 사랑했던 애인, 음악을 하는 사랑하는 여자가 죽었다는 것이다. 그래서 그 애인과 듣던 음악을 듣지 않으면 자해도 하고 자살소동도 벌인다는 것이다. 겨우 한 여자와 결혼했지만 석 달도 못살고 헤어지고 할아버지가 거두고 있는 아들이었던 것이다. 나는 그 남자 얼굴도 본 일이 없다. 음악이 그 남자의 얼굴이었던 것이다. 그렇다면 내가 하숙집을 옮기는 것이 가장 쉬운 길이다. 그러나 어머니가 그 할아버지 할머니가 있는 집이 편하다고 참다가 정 아니면 옮기자고 했었다.

내가 음악을 피해 간 곳은 하숙집에서 가까운 서점이었다. 어쩌다가 간 서점인데 결국엔 내 쉼터요 피난처요 그러다가 내가 가고 싶은 곳이 되어버렸다. 서점 아주머니는 날 반겨 주었고 고구마를 찌면 남겨 두었다 날 주곤 했다. 책은 어쩌다가 사고 나는 늘 그 서점의 책을 마구잡이로 읽기 시작했다. 아주머니는 새 책이 나오면 읽으라고 빌려주기도 했고 좀 오래된 책은 그냥 주기도 했다. 책 좋아하는 사람에게 책을 주는 것도 기쁨이라고 말하면서 … . 그렇게 책을 읽고 책을 좋아하면서 책이 친구가 되고, 책이 친구가 되면서 음악소리도 서서히 멀어지는 듯했고 그 음악소리는 내 귀에서 무심하게 흐르게 되었다.

책을 좋아하게 된 이유는 또 하나 있다. 전학을 오면서 아버지는 일주일에 편지 한 통 보내면 용돈을 조금씩 올려 준다고 하셨다. 나는 그 서점에서 명언집을 세 권이나 빌려서 그것을 거의 다 베꼈다. 그리고 편지 속에 인용하기 시작했는데 처음에는 누가 말했다로 사용하던 내 편지는 서서히 누가 말했다는 것은 쏙 빼버리고 내가 말한 것처럼 편지를 쓰기 시작했다. 내가 봐도 근사한 편지였다. 아버지는 내 편지를 들고 동네에 모두 자랑을 했고 동네사람들은 큰 인물이라도 난 듯 칭찬을 했다고 전해 들었다. 물론 내 용돈은 날로 늘었다. 이번 달 용돈이 남았는데 다음 달 용돈이 도착하곤 했다. 용돈이 올라가면서 아버지가 내게 거는 기대도 함께 높아갔다. 아버지는 세상에서 가장 유명한 소설가가 될 것이라고 친구에게 말했다고 한다. 이렇게 편지를 잘 쓰는데 뭐가 안 되겠냐고 ….

아마도 아버지는 그때 딸이 노벨문학상이라도 받을 것이라고 생각했는지 모른다. 그러나 대학에 오면서 나의 베껴먹기 운동은 끝이 났다. 창작이야말로 문학이라는 것을 배우기 시작했던 것이다. 창작이 괴로운 만큼 기쁨도 큰 것이라는 것을 배우기 시작한 것이다. 그러나 중요한 것은 책읽기를 한 내 안의 생각과 관찰과 표현이 결국은 시인이 되는 길로 안내했다는 것을 나는 믿는다. 고향을 떠나고 부모님을 떠나고 친구를 떠난 결과는 외로움이고 두려움이고 공포

였지만 새로운 세계를 알고 거기서 책을 만나는 우연을 얻고 그런 결과로 나는 대학 국문과를 선택하게 된 것이다. 국문과를 갔으므로 누구보다 책을 읽는 기회가 많았고 그 기회로 인해 나는 모든 인간적 고통을 견디는 인내와 자기를 지키는 강인한 정신이라는 것을 얻었다고 나는 말하고 싶다.

독서는 그 사람을 만들어 가는 가장 강력한 영양제다

살아가다 만나는 여러 가지 삶의 건널목에서 방향을 잡아주는 믿을 만한 판단은 대개 독서를 통해 준비된 인격에서 나오는 법이다. 독서는 그 사람의 높이와 넓이를 잴 수 있는 정확한 잣대도 될 수 있다. 무엇보다 독서는 사람을 자신감 있게 당당하게 이끌어주는 힘이 있으므로 일단 잘 살겠다는 의욕이 있다면 독서부터 습관적으로 해둘 필요가 있다. 현명하게 살고 싶은가? 그런데 소극적이고 적극적이지도 못하고 생각해 보면 똑똑한 구석도 보이지 않는 자신 때문에 괴로운 면이 있다면 그것도 독서로 해결되는 문제다. 좀더 대화에 능통하고 싶은가? 친구나 동료 가족들에게 재미있게 박학다식으로 좌중을 흔들며 이야기꾼이 되고 싶은가? 물론 이런 사람들도 독서에 먼저 열중해 보라. 글로 표현은 못해도 말로 지혜롭게 많은 이야기를 요약해서 말끔하게 말할 수 있고 타인에게 중요한 핵심을 발랄하게 말할 수 있기를 바라고 있는가? 그것도 독서가 해결해 준다. 사랑하고 싶은가? 그것도 독서로부터 시작한다. 내 마음이 한 줄 시로 촉촉하게 젖어 있을 때 사랑은 마음으로부터 누군가를 부른다.

독서는 모든 것의 밑거름이다. 축복하고 싶을 땐 거기 맞는 메뉴를 만들고 위기에 봉착했을 땐 그 위기를 극복하는 메뉴를 생산하는 능력 또한 독서가 해결할 수 있는 일이다. 특히 직장에서 자신의 일을(글 쓰는 일과 아무 관계없는 일이라도) 상사에게 정확한 포인트로 설명할 수 있는 능력도 독서에 있다. 그래서 무엇을 하든 세계문학전집, 국내 단편집 소설, 시집 몇 권은 읽는 것이 안개 같은 시대를 넘어가는 젊은이로서 필수라고 말할 수 있는 것이다. 어디 젊은이뿐이겠는가. 우리가 어떤 나이에 있더라도 독서는 우리가 처해있는 환경을 돌파하는 힘을 발견하게 한다. 지금 우리는 강력한 영상문화 속에서 살아간다. 20대는 더 깊이 영상으로 모든 생활을 지속하고 있다. 눈으로 보는 문화의 절정 시기에 우리는 있다. 그러나 영상문화는 속도가 빠르고 재치는 있고 재미있고 시간을 보내기는 수월한 면이 있으나 감각적이고 순간적이고 충동적인 면을 강하게 유발하는 성질을 띠고 있으며 자신을 다스리는 점에서는 문제점도 있다. 보는 문화의 단점이라고 말 할 수 있을 것이다.

독서는 자신의 세계를 넓힐 수 있는 자기확인이다

마음이 궁금한 적이 있는가? 마음은 내 안에 있다고들 말한다. 마음이 진정 내 안에 있는지는 잘 알지 못한다. 나는 때때로 내 마음이 내 안에 있지 않고 내 주변을 맴돌거나 아니면 아주 멀리서 앉을 곳이 없어 배회하고 있는 것을 느낀다. 마음이 안정되지 못하고 불안하거나 상처 때문에 떨고 있을 때 더욱 그런 생각이 든다. 내 마음이 홀로 울고 있는지도 모른다고. 내가 자신감을 잃고 내가 생각하는 사고에 대한 믿음이 흔들릴 때 삶에 대한 목표의식이 나약해질 때 소신은 무너지고 남들의 이야기에 쏠려 스스로 마음을 짓이겨 놓는 그런 상황에 내 마음은 방향감각을 잃고 떠돌아다닌다. 야망이 성하고 욕심이 몸을 부풀리면 내 지성은 신음소리를 내게 된다. 결국 그 신음소리의 뿌리는 나약함에서 싹

튼 질환이라고 할 수 있을 것이다. 문자와 활자를 멀리하고 영상에 정신을 빼앗기고 나른하고 번쩍거리는 불빛 속에서 내 마음은 갈피를 못 찾는 것이다. 책읽기는 바로 안정된 나를 찾고 어떤 경우에도 나를 믿고 사랑하는 소신을 가지게 하는 것이며 여타의 번쩍거리는 장식물을 자신의 연장으로 생각하게 하지 않는다. 독서는 자신의 세계를 넓힐 수 있는 유일한 개혁방법이다. 좁아터진 인간의 내면의 확장공사를 조용히 열어가는 눈부신 자기확인이다.

멋진 삶을 원하는가? 풍부한 생의 하루를 원하는지? 오늘 지금 바로 두 손에 책을 펴기를! 자신의 전공과목을 넘어서서 모든 분야의 책을 자신의 두 눈으로 읽어 낼 때 당신에게는 새로운 하늘이 열릴 것이다. 건강한 우리의 땅이 열릴 것이다. 충격과 순간적 흥미를 넘어서서 감동과 영원의 시간 속에 자신의 존재를 바라보게 될 것이다. 마음이 보이게 될 것이다. 문화가 무엇인가? 문화의 의미를 찾아가면 '밭을 간다'라고 되어 있다. 황폐한 땅에 인간의 힘을 가한다는 뜻이다. 한마디로 노동이며 그것은 바로 창조한다는 뜻이다. 문화란 창조를 의미한다. 책은 무엇인가? 바로 나를 만들어 가는 눈부신 창조의 의미가 담겨 있다. 책을 제외한 그 어떤 창조도 인간의 내면을 다스리기는 힘들다. 인간 속의 짐승을, 악을 길들이는 것은 바로 문자요 책이라는 사실을 우리는 거부하지 못한다.

우리는 책과 함께 살아야 한다

활자가 멀어지고 있다. 문자가 뒷배경으로만 존재하려 한다. 다 깨어진 우리나라 글자가 핸드폰 안에서 몸살을 앓고 있다. 지금쯤 우리는 어떤 구원을 마련하지 않으면 안 된다는 생각을 한다. 프랑스의 젊은이들은 여름휴가의 가방 속에 반드시 《팡세》를 넣는다고 들었다. 독서가 생활화되었다는 것을 보여주는 대목이다. 우리도 책을 읽는다. 그러나 독서가 생활화되었다고는 말할 수 없다. 무슨 숙제처럼 책을 읽는 사람들이 많으며 아예 독서를 하지 않는 사람들이 훨씬 더 많다. 우리는 지금 범국민적으로 독서를 넓혀가야 할 막중한 책무 앞에 섰다. 책에는 우리의 삶 안으로 기어 들어오는 불행과 슬픔과 어려움을 몰아내는 도구가 숨어있으며 삶을 힘차게 성실하게 살아가야 하는 마음잡기가 숨어 있으므로 우리 모든 사람들이 책이 타자가 아니라 나 자신이라는 밀착된 관계로 함께 살아야 한다. 어떻게 책과 함께 살아야 하나?

여름 여행배낭엔 책을!

우리는 늘 여름이면 여행을 떠날 준비를 한다. 산이 바람의 심부름꾼을 보내 전갈이 오기도 하고 멀리 기차나 비행기를 타기도 한다. 저 무성한 여름 숲에서 새들이 달려와 당신의 옷깃을 끌며 유혹하기도 하고 이명처럼 귀를 울리는 시원한 바다와 파도가 당신을 큰 소리로 부르고 있기도 하고, 어서 오라고 빨리 배낭을 챙기고 가벼운 신발을 신고 떠나라고 어서 집의 대문을 박차고 떠나라고 우리의 손을 끌고 있기도 한다.

어쩌면 6월부터 아니 이미 5월부터 산과 바다와 숲이 우리를 재촉하고 있지는 않았을까? 아니 어쩌면 사계절 내내 자연은 우리를 부르고 있었는지 모른다. 그리고 우리들은 이미 5월부터 여름여행의 배낭을 챙겨 먼지를 털고 그 빈 공간을 위해 고심하지는 않았을까? 여기 무엇을 넣을 것인가 하고. 오랫동안 구석진 자리에서 내팽개쳐진 배낭은 숨을 크게 쉬며 기다림에 가슴 떨고 있었을 것이며 배낭주인은 꿈속에서도 배낭의 빈 공간을 위해 생각이 많았을 것이다.

여행은 이미 시작된 것이다. 빈 배낭을 챙기며 먼지를 털고 햇빛에 한 번 몸을 헹구어내고 그 빈 공간을 채울 것을 생각하면서. 아니지, 내 배낭이 어디에 있더라, 배낭을 찾는 그 순간 어디로 갈까 머릿속으로 갈 곳을 정하는 그 순간부터 그래 여행은 시작이다. 아니다, 어쩌면 우리들은 지난해 여름여행에서 돌아오면서 그때부터 내년의 여름여행을 고민했는지 모를 일이다. 우리들의 생각은 그렇게 여행으로 가득한지도 모른다. 그만큼 여름여행은 한해의 피로를 풀고 한해의 여행을 즐기는 가장 대표적인 휴양이기 때문이다.

배낭 속엔 무엇을 넣어야 할까? 먼저 선글라스를, 아니 더 먼저 비키니를 그리고 선크림을 그리고 두어 개의 타월과 가벼운 간식거리와 밑반찬, 카메라 그리고 한 장의 카드와 지폐를 당신은 챙겼을까? 이 정도는 기본이라고 말할 수 있다. 자, 여기서 더 무엇을 챙겨가려 하는지?

제일 먼저 《팡세》를 넣는다는 프랑스 젊은이들! 그들의 여행은 책으로부터 시작이고 책으로부터 끝난다고도 들었다. 산과 바다와 숲을 즐기고 노래하지만 그들의 정신적 간

식인 《팡세》를 누구도 외면하지 않는다는 것이다.

애인하고 여행을 간다면? 애인과 다른 책을 가지고 가서 날벌레가 날아다니는 그늘이나 밤 전등불 밑에서 피로한 눈으로 《팡세》를 즐기면 어떨까. 독서의 피로가 어쩌면 당신의 육체적 피로를 가시게 할지도 모르는 일이다. 때로는 진한 키스보다 오래가는 추억이 될 수도 있을 것이다.

여름여행은 무엇보다 호기심과 자유이다. 늘 가던 곳 누구나 가는 곳이 아니라 언젠가 꼭 가보고 싶은 곳을 가는 두려운 길이 좋을지도 모른다. 약간의 공포를 힘으로 용기로 모르는 길을 찾아 헤매며 자신의 호기심을 자극하는 여행은 크게 위험한 일이 아니라면 해볼 만한 젊은이들의 이상일 수 있을 것이다.

지도를 넣어야겠군. 수첩과 필기도구는 당연한 일이다. 핸드폰은 늘 빵빵하게 충전을 할 수 있는 길을 모색해야겠지? 야외에서는 방전이 쉽게 된다는 것을 잊어서는 안 될 것이다. 또 하나 챙겨야 할 것은 비닐봉지다. 스스로의 쓰레기를 담아 배낭에 담고 다니며 휴지통에 버릴 수 있는 양심을 가진 자만이 우리나라를 여행할 수 있다는 거 당신은 물론 알고 있을 것이다. 그것이 얼마나 큰 기쁨이라는 것도

78

신달자

당신은 알고 있다. 그런 작은 양심도 책의 결과라는 것을 우리는 안다.

며칠 후 피로에 지쳐 발걸음도 제대로 뗄 수 없이 피로에 절어 돌아올지 모르지만 정신만은 탱탱한 기쁨에 젖어 올 것이다. 마치 귀찮은 듯이 다시는 여행을 떠나지 않을 것처럼 말문을 닫고 돌아올지 모르지만 그러나 곧 하루 지나고 이틀이 지나면서 걸레같이 늘어진 몸과 정신이 살아나면서 다시 여행을 꿈꿀 것이다. 당신의 인생은 큰 상을 받았다. 여행의 상은 피로다. 그러나 그 피로 체험은 당신의 종합비타민이 되어 줄 것이다. 우리들의 가슴이 뛴다. 두근거린다. 그렇다면 여행배낭을 무엇으로 채워야 하겠는가?

가을엔 시인이 되자!

가을에는 모두 시인이 되면 어떨까? 가을에는 모두 시인이 되어 대문을 밀치고 나와 들판으로 나가 하나씩 잎과 이별하는 나무들을 본다면. 아직 떨어지지 않은 나뭇잎들이 바람에 흩날리는 것을 가만히 바라본다면. 저 나뭇잎들은 지금 무슨 말을 하며 이별을 준비하고 있는가? 가장 마지막에 떨어지는 나뭇잎은 아마도 가장 나무와 헤어지기 싫어하는 나뭇잎일까? 저들도 아플까? 저들도 눈물을 흘릴까? 저들도 원망이 있을까? 섭섭할까? 다시 만나자는 약속이라도 듣고 떨어지려고 하는 것일까? 그냥 아무것도 들으려 하지 않아도 나뭇잎들의 흐느끼는 소리가 들릴 듯도 하다. 그러나 저 나무들의 잎들은 울지 않는다. 마지막 양분이라도 나무에게 다 주고 떠나려고 마지막까지 안간힘을 쓰는 것이다. 나무에게 다 주고 이제는 나무에게 필요 없다고 생각하고 고요히 떨어져 주는 것이다. 그리고 나무의 밑동을 덮는 것이다. 나무의 발이 추울까 근심되었을까? 잎들은 겨우내 나무의 발을 덮고 서서히 썩어 가는 것이다. 온전히 주는 사랑을 우리는 나무들에게서 본다. 나도 저런 사랑 한 번 했으면 좋겠다. 다 주고도 못다 준 것처럼 허전해서 그의 발밑을 감싸고 서서히 썩어가고 싶다. 그래 그런 사랑 한 번 하면 좋겠다. 이 가을에 … .

가을에는 시인이 되자. 시인이 되려면 시를 읽어야 되지 않을까. 어떤 책이라도 좋지만 그 중 시집 한 권쯤 사서 친구나 애인에게 주고 싶은 것, 그것도 시인이 되는 길이다. 이 가을 독서를 하고 우리 누구나 시인이 되자. 저 높은 맑은 청빛 하늘을 바라보며 '사랑해!'하고 우리 함께 말하자.

겨울을 견디는 힘도 독서에서

어둠이 두껍게 내린 무역센터 코엑스 거리는 현란하다. 한 해의 끝은 늘 이렇게 어둡기도 하고 현란하기도 하다. 작은 알전등으로 꾸며진 불빛나무들이 줄줄이 사람들의 눈길을 끌며 무엇인가 우리들에게 말하고 있는 것처럼 보인다. 그들의 말은 듣는 사람마다 다르다. '자 한 발짝만 더 올라오세요'라든가 '조금만 가슴의 온도를 올리세요'라든가 아니면 '옆사람에게 말을 걸어보세요'라든가 '자 얼굴의 조명을 조금만 더 밝게 하세요'라는 말들로 나는 풀이하고 싶다. 어쩌면 저 불빛나무들처럼 불빛의 열매를 내 온몸에 달 수 있을지도 모른다. 아무리 어두운 시대라고 해도 저런 열매를 온몸에 달고 있다면 반드시는 아니라도 조금은 내가 지닌 어두운 이야기들이 촉수를 밝히며 나를 환하게 웃게 만들지도 모른다.

나는 그 거리를 걷는다. 불빛나무들 아래로 은행나무 잎들이 자욱이 깔려 있다. 불빛 속에 드러누운 노오란 은행잎들! 그것은 어디에서 와서 지금 여기 있는 것일까? 그것의 고향은 허공이다. 나무의 잎으로 태어나서 매운바람을 다 맛보고 지지는 듯한 뙤약볕을 입술 깨물며 견디고 폭우에도 시달리고 천둥에도 깜짝깜짝 놀라며 어린 시절을 보낸 생의 수련기를 다 거친 작은 잎들이다. 그래서 그 작은 잎 하나의 종말은 거룩하고 엄숙하다. 그는 지금 모든 자양을 나무에게 주고 그 나무 아래 고요히 누워 있다. 나는 그것을 밟는다. 그것을 밟고 걷는다. 어깨에 현란한 불빛을 받으며 그 거룩한 미물의 종말을 밟고 걷는다. 그런데 평화롭다. 주어진 생의 과제를 성실히 끝낸 존재를 밟는 것에 아픔 따위는 없다. 평화롭다. 이런 거룩한 잎들이 한 해의 끝에서 종말을 맞는다는 것은 예사로운 일이 아니다.

　나는 늙었다. 젊은 날에는 이런 길을 걸으며 많이도 울었다. 은행잎처럼 뚝뚝 눈물을 거리에 떨어뜨리며 겨울의 깊은 곳으로 걸어갔던 것이다. 왜 그리도 서럽고 그립고 아팠던 것일까? 젊음은 그렇게 펄펄 살아있어서 가만히 놔두고 있어도 저 혼자 끙끙 앓았던 것이다. 아아! 현란한 아픔의 깊은 살 그대로 퍽퍽 울었던 나의 울음소리를 저 바람은 알고 있을 것이다. 온통 비어 있었던 그 세상은 나이 들면서 사람들이 보이고 버글거리며 오르는 거품들을 다스릴 줄 아는 나이에 이르렀다. 그렇다고 아픔이나 그리움이 없겠는가. 옛날에 어머니들은 말했다. 마음은 아직도 청춘이라고…. 아직도 청춘? 나는 비웃었다. 늙는 청춘이 어디 있는가? 나는 단호히 잘라 말했다. 늙는 청춘은 어거지라고 생각하고 마음 어쩌고저쩌고 하는 일이 추하기까지 했다. 늙는데 웬 말이 그렇게 많아 하면서 그 말을 받아내지 못했다. 끔찍한 일이라고 무서운 혹평을 하기도 했다. 옛날의 젊음을 가지고 안달을 하는 것 같은 모양새가 곱지 않았던 것이다. 그러나 늙는 청춘이 있다는 것을 나는 요즘 느낀다. 아니 절실하다. 늙어도 그립고 아프다. 젊은 날보다 조금 여유가 있을지 모르지만 나는 지금 뜨겁게 외롭고 뜨겁게 세상을 본다. 젊고 늙는 것으로 가슴을 독해할 수는 없다. 마음은 가슴은 몸보다 천 배쯤 늦게 늙는다는 것을 나는 안다. 그런 열정만이 세상을 살 수 있을지도 모른다. 스스로 이 세상으로부터 자신을 제외시키지 마라. 그것만이 오늘 지금 우리의 생을 찬란하게 살 수 있는 비법이다.

겨울이 왔다. 그 겨울을 견디는 힘도 독서에서 올 것이다. 책은 삶을 용서하고 화해하고 사랑하면서 살게 하는 중요한 덕목을 다 지니고 있다. 나는 아직 책을 멀리하고 책을 우습게보면서 훌륭한 사람이 된 경우를 보지 못했다. 책이 사람을 만든다는 것은 그래서 진리가 아닌가.

나는 책으로 일어섰고 책으로 사랑을 알았다

나도 마흔일 때가 있었다. 나는 그 마흔에 새로운 인생에 도전하고 있었다. 그러나 서른아홉에서 마흔으로 서는 그날 아침 나는 절망했었다. 마흔이라니! 자존심이 상하기도 하고 희망이 꺾이는 것 같기도 했다. 여자의 일생이 다 끝나는 것 같은 두려움도 있었다. 떨렸다. 그러나 마흔은 아름다웠다. 여자의 마흔은 깊고 그윽했다. 나는 언젠가 신문 인터뷰에서 말했다. 하느님이 나에게 큰 선물을 주시는 것으로 20대로 되돌려주신다면 나는 단호히 거절하겠다. 대신 40대로 돌려주신다면 감사하게 받겠다고 말한 적이 있다. 40대는 여자에게 중요한 시기다. 아이들로부터 조금 자유로워지고 남편에게도 자기생각을 펼칠 수 있는 시기며 여성성은 그대로 유지하고 있으며 세상에 대해 두려움도 어지간히 사라진 나이, 그래서 자신의 생각을 판단하는 데 그렇게 실수가 많지 않은 나이가 40대인 것이다. 더 중요한 것은 40대는 자기 자신을 돌아보는 나이라는 것이다. 30대는 아이를 기르고 그릇을 사고 집을 장만하는 데 걱정을 하고 가족 속에서 시간을 다 보내지만 40대의 여성은 '나'라는 본질적 질문을 던지는 본격적인 나이라는 데서 40대는 중요한 나이라는 것이다. 가족구성원의 성격도 파악되고 물처럼 잘 받아들일 수도 있는 나이, 그래서 격분보다는 화해를 만들어 가는 나이도 40대라고 볼 수 있다. 작은 감정보다 보다 중요한 것에 눈뜰 수 있는 나이도 40대다.

그래서 《나는 마흔에 생의 걸음마를 배웠다》라는 자전 에세이를 낸 적이 있다. 부끄러운 치부를 드러낸 책이지만 내 진솔한 생의 도전을 말한 책이다. 그 책에는 책으로 일어선 내 허리 부러진 인생이 나온다. 그렇다. 나는 책으로 일어섰고 책으로 사랑을 알았으며 책으로 삶을 알았고 의지를 도전을 인내를 종교를 우정을 그리고 기어오르는 생의 법을 알았다. 사랑이 중독되듯 책도 중독된다. 그러면서 그것이 없으면 살지 못하겠다는 자연스러운 마음으로 사랑을 배운다. 읽는 중독! 그것은 아름다운 병이다. 괴로움도 상처도 고통도 그 아름다운 병은 치유의 약이 된다. 인간의

삶 중에 가장 필요했던 그 아름다운 병이며 치유의 약이었
던 책을 우리는 오늘도 만난다.

그것이 책인가? 그러면 읽어라!

청소년시절 그 방황의 시절에 불어대던 세찬 바람을 잠재운
것도 책이었다는 사실을 나는 기억한다. 나는 그 시절 생텍
쥐페리의 《어린왕자》를 칼릴 지브란의 《예언자》를 모르고
읽고 알고 읽었다. 《광세》를 읽었고 《부활》을 읽었고 《안
데르센 동화집》을 읽었고 김소월의 시집을 읽었고 이광수
의 《유정》, 《무정》을 읽었다. 물론 셰익스피어의 《오셀
로》를 샬럿 브론테의 《제인에어》, 에밀리 브론테의 《폭풍
의 언덕》, 앙드레 지드의 《좁은 문》, 생텍쥐페리의 《인간
의 대지》, 헤르만 헤세의 《데미안》은 반드시 읽어야 한다
고 강조하고 싶다. 그것이 책인가? 그러면 읽어라!

신
여
랑

1967년 전라북도 완주에서 태어나 지금은 서울의 북쪽 끝에서 살고 있다.
서울예술대학 문예창작과를 졸업했고, 2006년 청소년소설 〈몽구스 크루〉로
제 4회 사계절문학상 대상을 받으며 등단했으며, 2008년에 청소년소설집
〈자전거 말고 바이크〉를 펴냈다. 작가로서 꿈이 있다면, 그동안 마음을
흔들었던 많은 작가들의 글처럼 누군가의 마음을 흔들 수 있는, 정직하고
아픈 글을 쓰는 것이다.

나의
여우,
그리고
눈물

지난여름, 《소녀에게는 어울리지 않는 직업》이란 소설을 읽었다. 중학교 2학년짜리 소녀가 1년 동안 두 번의 우발적인 살인사건에 연루되면서 아무도 모르게 고통을 겪는 이야기인데, 작품 후반부에 경찰관이 소녀에게 '스파르타의 여우' 이야기를 들어봤냐고 묻는 장면이 나온다.

소녀가 모른다고 하자, 경찰관은 이렇게 대답한다.

"그 말은 원래 고대 그리스에 있었던 스파르타라는 도시 국가의 교육제도에서 온 말이야. 그 나라는 젊은이들에게 무척 엄격했지. 공부도 그렇지만 형벌제도와 도덕교육도 엄격하기가 짝이 없었지. 처벌도 마찬가지였어. 그 스파르타에서 어느 날, 너 정도 되는 소년이 새끼 여우 한 마리를 훔쳤지. 우발적인 충동이었을지도 모르고, 가난해서 그랬을지도 모르고, 계획적인 범행이었을지도 몰라. 동기는 확실하지 않지만, 훔친 게 들통 나면 어떤 일을 당할지 잘 아는 소년이 옷 속에 새끼 여우를 감추고 밤길을 걸어갔지. 그러자 새끼 여우는 고통스러워서 소년의 배를 물어뜯기 시작했어. 소년은 이를 악물고 참았어. 새끼 여우는 점점 더 필사적으로 물어뜯었고, 그

89 나의 여우, 그리고 눈물

래도 소년은 이를 악물고 참았지."

"그래서, 어떻게 됐어요?"

나는 떨리는 목소리로 물었다.

"소년은 참다못해 죽어 버렸어. 인내와 비밀이 동거하는 죄는, 그 사람을 파멸시켜 버리는 거야. 그러니까 너무 참지 않는 게 좋다는 말이지."

— 사쿠라바 가즈키 《소녀에게는 어울리지 않는 직업》중

그 부분을 읽고 나자, 내 마음이 쿵 하고 무너져버렸다. 내가 아직 소녀였을 때 내 안에 들어와, 나를 괴롭히던 그 것. 아버지를 향한 끝없는 미움이 생각났다.

'바보, 그땐 왜 그랬니? 왜 그렇게 못되게 굴었니?'

새삼 부끄럽고, 왈칵 눈물이 쏟아졌다.

어쩌면 그것, 아버지를 향한 끝없는 미움이 나에게는 '스파르타의 여우'였는지도 모르겠다. '인내와 비밀이 동거하는 죄'는 아니었는지 몰라도 나는 그 때문에 충분히 고통스러웠다. 그러니까 나는, 아버지에 대한 미움이 커질수록 점점 더 못된 아이가 되어갔고, 그럴수록 더 힘들고 더 외

로워졌다.

아버지는 내가 아버지를 턱없이 미워한다는 걸 몰랐을
까? 아버지를 향해 눈을 치뜨고, 보란 듯 일기장에 아버지
가 없어져버렸으면 좋겠다고, 차라리 고아였으면 좋겠다고
쓰던 나를, 아버지는 어떤 마음으로 지켜보았을까? 나라면
눈물이 쏙 빠질 때까지 펑펑 때려줄 텐데, 그때 아버지는
나를 혼내지도 못하셨다. 오히려 내 눈치를 보셨다.

그래서였을까, 나는 내가 무척이나 잘난 줄 알았다. 나
처럼 똑똑하고 잘난 아이가 이런 집에서, 저런 아버지 밑에
서 태어난 게 세상에 둘도 없이 억울했다. 지금 와서 생각
하면, 정말 잘난 데라곤 없는 그저 그런 아이였는데. 엄마
가 큰맘 먹고 사준 50권짜리 계몽사 아동세계문학전집을 중
학교 때까지 읽던, 반에서 6, 7명에게 쥐어주던 우등상이나
모범어린이상, 글짓기대회 장려상 같은 자잘한 상을 한두
번 받은, 그저 그런 아이였는데.

아버지 생각을 하면 지금도 눈앞에 선하게 떠오르는 장
면이 있다. 중학교에 입학하고 얼마 지나지 않아서였을 것
이다. 아버지가 불쑥 학교 앞으로 나를 찾아왔다. 아버지는
교문 앞 전신주 옆에 서서 몹시 어색하게 웃고 있었다. 허

름한 점퍼에 깡마르고 거무튀튀한 얼굴로. 왼손을 주머니에 찔러 넣고, 한쪽 어깨엔 홀쭉해진 오징어 보따리를 짊어진 채. 그러나 나는 아버지를 보고도 선뜻 달려가지 않았다. 초라한 행색에 오징어 보따리를 짊어지고 서 있는 아버지가 창피하고 부끄러워 얼굴이 화끈거렸다.

'아버지가 왜? 오늘 아침에 나보다 일찍 장사 나갔잖아. 엄마한테 오늘은 오산에 간다고, 늦을 테니 기다리지 말고 먼저 자라고 했잖아. 그런데 왜?'

나는 아버지가 나를 두고 저만치 앞서서 갈 때까지 그 자리에 엉거주춤 서 있기만 했다.

그날 내가 아버지를 따라 간 곳은 시장 골목에 있는 중국집이었다. 입구에 주렁주렁 구슬 가리개가 달리고, 기름 냄새에 찌든 홀에 웽웽 파리가 날아다니는 중국집. 아버지는 대뜸,

"너는 간자장 먹어라!"

하셨다.

난데없이 찾아와서 간자장을 먹으라고??

심사가 뒤틀릴 대로 뒤틀린 나는 싫다고, 자장을 먹겠다고 했다. 그런데도 아버지는 굳이, 거듭, 내게 '간자장'을

강요했다. 자장을 먹으면 큰일이라도 생길 것처럼. 그러면서도 자신의 몫으로는 자장을 시키셨다. 나는 아버지 앞에서 싫은 기색이 역력한 얼굴로, 아버지가 비벼준 간자장을 꾸역꾸역 먹었다. 그런 나에게 아버지는 몇 번이고 똑같은 말을 되풀이했다. 자장보다 간자장이 맛있는 거다, 그렇지? 맛있지? 그럼 아무래도 자장보다야 간자장이 낫지.

'저 얘기 하러 학교까지 찾아온 거야! 간자장이 그렇게 맛있으면 왜 자긴 안 먹는데!'

아버지를 따라 집에 오는 길 내내 나는 아버지랑 눈도 마주치지 않았다. 아버지 몸에서 나는 오징어 냄새에 얼굴을 찌푸리며 인상을 썼다.

그날 나를 찾아온 아버지의 마음 — 학교라곤 문 앞에도 가본 적 없고, 독학으로 한글을 깨우친 아버지에게 중학생이 된 첫째 딸이 얼마나 대견했을지, 왜 그토록 간자장을 먹으려고 했는지 — 그 마음을 안 건 아주 오랜 세월이 흐른 뒤였다. 그때의 나는 그저 세상의 모든 죄가 아버지에게 있는 것처럼 아버지가 싫고, 밉기만 했다. 퀴퀴한 냄새를 풍기며 집안 한구석 높다랗게 쌓여 있던 오징어. 엄지손가락

나의 여우, 그리고 눈물

을 제외하곤 손마디가 모두 잘려나간 아버지의 왼손. 한밤
중에 술에 취해 들어온 아버지가 자는 식구들을 깨워 '세상
은 무서운 곳이다. 정신을 똑바로 차리고 살아야 이 애비처
럼 …' 하면서 늘어놓던 신세한탄과 훈계. 그 모든 게 내 불
행의 증거처럼 느껴졌다.

고등학교에 진학한 뒤부터는 아예, 아버지랑 말도 하지
않았다. 아버지가 무슨 말이라도 하려고 들면 가자미눈으
로 흘겨봤고, 밥상머리에서 수저를 탕 내려놓고 일어나는
짓도 서슴지 않았다. 그 무렵 내가 아버지에게 먼저 말을
꺼내는 경우는 딱 하나 돈이 필요할 때였다. 참고서를 사야
한다는 둥, 불우이웃돕기 성금을 한 번 더 내야 한다는 둥,
가져오라고 하지도 않은 준비물을 사야 한다는 둥 거짓말을
해서 아버지한테 타낸 돈으로 친구들과 함께 분식집에 가
그대로 군것질을 하고, 놀러 다녔다. 그뿐인가, 12등인 등
수의 '1'자를 지워 2등으로 위조한 성적표를 천연덕스럽게
내밀고, 그쯤이야 별 거 아니라는 거만한 표정으로 용돈을
받기도 했다. 그리고 어쩌다 길에서 보따리를 짊어진 아버
지를 보면 못 본 척 멀리 달아났다.

하지만 집밖에서 나는 전혀 다른 아이였다. 친구들과 같이 있을 때면 까불대며 연예인 얘기를 하고, 선생님 흉을 보고, 짝사랑에 빠진 친구를 위로했다. 가끔은 진지한 얼굴로 친구 집에 모여 앉아, 시집을 읽고 이 부분이 감동적이네, 이 시인은 시를 너무 어렵게 쓰네, 어쩌네 하면서 열띤 토론을 하기도 했다.

게다가 나는 선생님들 사이에서 겁쟁이로 통했다. 아버지한테 그토록 고약을 떨고, 성적표 등수까지 위조하는 걸로 봐서는 학교에서 반항을 일삼는 아이여야 맞을 것 같은데, 나는 전혀 그렇지 않았다. 하물며 지각 같은 학교 내 사소한 규율을 어기는 일에도 바들바들 떨었다.

언젠가 비가 억수같이 내리던 날 아침 — 나중에야 나는 그것이 태풍이라는 것을 알았지만 — 전철을 타고 등교하던 나는 30분이 넘도록 오지 않는 전철을 애타게 기다렸고, 전철이 다니지 않는다는 안내방송이 나오자, 학교까지 걸어가야겠다고 생각했다. 물에 잠긴 역사 밑 지하도로를 허우적대며 건너, 우산대가 부러질 만큼 거센 비바람이 불어대는 거리를 머리부터 발끝까지 홀딱 젖은 채 걷고 또 걸었다. 내가 걷는 동안 걱정했던 건 오로지 '지각'이었다. 아무리 빨리 걸어도, 지각을 피할 수는 없을 것 같았고, 지각을 하게 됐다는 사실이 무서웠다. 찌걱찌걱 물소리가 나던 운동화로 쥐죽은 듯 조용한 복도를 지나 교실 문 앞에 도착했을 때 가슴이 터질 것처럼 요동쳤다. 마침내 드르륵 교실 문을 열고 들어가 담임선생님과 눈이 마주치자 나는 '우왕!'하고 울음을 터뜨리고 말았다. 전철이 안 다닌다고, 걸어왔다고, 횡설수설하는 나에게 선생님은 그럼 오지 말지, 왜 이 태풍 속을 걸어왔냐고, 오늘 학교 휴교라고, 다시 집에 가라고 했다.

그렇게, 전혀 다른 두 개의 얼굴로 지내면서 내가 행복했느냐? 즐거웠느냐? 그럴 리가!

아버지가 있는 집은 생각만 해도 숨이 턱턱 막혔고, 말짱한 얼굴로 친구들과 웃고 떠들다 헤어지고 나면 세상에 혼자 남겨진 것처럼 우울했다. 그렇다고 친구들한테 '우리 아버지가 죽어버렸으면 좋겠어!' 라고 말할 수는 없는 일이었다. 만약에 내 친구 중 누군가 나에게 그렇게 말한다면 나는 그 애와 당장 절교하고 싶어질 테니까. 그러니까 나는 어디 한군데 내 사나운 마음을 드러내고, 비빌 데가 없었다. 시밖에는.

　　이것이 아닌 다른 것을 갖고 싶다.
　　여기가 아닌 다른 곳으로 가고 싶다.
　　괴로움
　　외로움
　　그리움
　　내 청춘의 영원한 트라이앵글.
　　　　　　　　　　　—최승자 〈내 청춘의 영원한〉 전문

　　나는 그 시를 읽으며 밤마다 베갯잇이 젖도록 울었다.
지금 읽으면 '감정의 과잉'처럼 느껴지는 시지만 당시의 나
에게는 내 마음을 받아 적은 것처럼 절절했다.
　　생각해보면, 그 시절 나의 독서는 '시'가 아니어도 베갯
잇을 적시는 눈물로 끝나곤 했다. 뭐가 그리 서러웠을까?
나는 울기 위해 책을 읽는 아이처럼 울고 또 울었다.
　　어쩌면 나는 오로지 울기 위해 학교 도서실을 기웃거렸는
지도 모르겠다. 내 책장에는 그 시절 도서실에서 빌려 읽고
반납하지 않은 까만색 하드커버 장정의 책 한 권이 아직도 꽂

혀 있다. 도서실 분류번호 808 ㅋ393 10. 마치 그때의 내가 얼마나 위태로웠는지 알려주는 징표처럼 그 책 마지막 문장에는 빨간 사인펜으로 그어진 밑줄이 선명하게 남아 있다.

> 모든 것이 성취되고 내가 보다 덜 고독하다는 것을 느끼
> 기 위해서 나에게 남아 있는 희망이라고는, 내가 사형당
> 하는 날 많은 구경꾼들이 모여들어서 증오의 소리를 외
> 치면서 나를 맞이해 주는 것뿐이었다.
> —알베르 까뮈 《이방인》 중

솔직히 나는 그때 《이방인》의 주인공 뫼르소를 전혀 이해할 수 없었다. 어머니 장례식에서 눈물 한 방울 흘리지 않고, 다음날 여자랑 해수욕장에 놀러가 시시덕거리고, 태양 때문에 살인을 했다는, 자신의 사형집행일에 사람들이 저주를 퍼부어주기를 바라는 뫼르소를 내가 무슨 수로 이해할 수 있겠는가! 하지만 나는 또 베갯잇을 적시며 밤새 눈이 퉁퉁 붓도록 울었다. 뫼르소가 불쌍해서도, 그의 존재론적 고민을 가슴 깊이 이해해서도 아니었다.

'나도 언젠가는 이렇게 죽을 거야! 사람들이 내 죽음을

증오해주길 바랄 거야! 그래, 사람들은 내가 죽었다고 기뻐할 거야! 아무도 내 죽음을 슬퍼해주지 않을 거야! 그럴 거야!'

그런 터무니없는 분노, 자기혐오 때문이었다.

나는 결국 얼마 지나지 않아 가출을 감행했다. 하룻밤도 넘기지 못한 가출이었지만 무작정 버스를 타고 집이 아닌 다른 곳으로 갈 때, 《이 시대의 사랑》이란 시집을 가방에 챙겨 넣을 때, 내 마음은 비장했다. 죽어도 좋아! 다시는 돌아가지 않을 거야! 그런 비장한 마음으로 간 곳이 '남산 꼭대기'였다는 건 순전히 그 시절 내가 아는 곳이 그곳밖에 없었고, 같이 놀던 친구들이 흔히 모범생으로 불리는, 그러니까 나의 가출에 동행으로 삼기에 적당하지 않은, 내가 아버지를 얼마나 미워하는지, 어떤 자기혐오에 빠졌는지 모르는 친구들이어서였을 것이다.

하지만 어쨌든 나는 다시는 집으로 돌아가지 않을 작정이었다. 사위가 어두워지고, 어둠과 함께 심장이 졸아드는 두려움이 나를 찾아오기 전까지는. 그러므로 내가 남산 꼭대기 어느 벤치에 앉아, 《이 시대의 사랑》을 꺼내 20쪽을 펼치고 〈다시 태어나기 위하여〉를 읽은 건 집으로 돌아가기 위해서가 아니라 내 결심을 확인하기 위해서였다.

1
어디까지갈수있을까한없이흘러가다보면
나는밝은별이될수있을것같고
별이바라보는지구의불빛이될수있을것같지만
어떻게하면푸른콩으로눈떠다시푸른숨을쉴수있을까
어떻게해야고질적인꿈이자유로운꿈이될수있을까

2
어머니 어두운 뱃속에서 꿈꾸는
먼 나라의 햇빛 투명한 비명
그러나 짓밟기 잘 하는 아버지의 두 발이
들어와 내 몸에 말뚝 뿌리로 박히고
나는 감긴 철사줄 같은 잠에서 깨어나려 꿈틀거렸다
아버지의 두 발바닥은 운명처럼 견고했다
나는 내 피의 튀어오르는 용수철로 싸웠다
잠의 잠 속에서도 싸우고 꿈의 꿈 속에서도 싸웠다
손이 호미가 되고 팔뚝이 낫이 되었다

3
바람 불면 별들이 우루루 지상으로 쏠리고
왜 어떤 사람들은 집을 나와 밤길을 헤매고
왜 어떤 사람들은 아내의 가슴에 손을 얹고 잠들었는가
왜 어느 별은 하얗게 웃으며 피어나고
왜 어느 별은 외마디 비명을 지르며 추락하는가
조용히 나는 묻고 싶었다
인생이 똥이냐 말뚝 뿌리 아버지 인생이 똥이냐 네가 그
렇게 가르쳐 줬느냐 낯도 모르는 낯도 모르고 싶은 어느
개뼉다귀가 내 아버지인가 아니다 돌아가신 아버지도 살
아계신 아버지도 하나님 아버지도 아니다 아니다
내 인생의 꽁무니를 붙잡고 뒤에서 신나게 흔들어대는
모든 아버지들아 내가 이 세상에 소풍 나온 강아지 새끼
인 줄 아느냐

4
자신이왜사는지도모르면서 육체는아침마다배고픈시계
얼굴을하고 꺼내줘어머니세상의어머니 안되면개복수술
이라도해줘 말의창자속같은미로를 나는걸어가고 너를부

101
나의 여우, 그리고 눈물

르면푸른이끼들이고요히 떨어져내리며 너는이미떠났다
고대답했다 좁고캄캄한길을 나는 기차화통처럼달렸다
기차보다앞서가는 기적처럼달렸다. 어떻게하면 너를 만
날수있을까 어떻게달려야 항구가있는바다가보일까 어디
까지가야 푸른하늘베고누운 바다가 있을까
— 최승자 〈다시 태어나기 위하여〉 전문

그런데, 왜 난 또 꺼이꺼이 울고 말았을까?

나는 벤치에 웅크리고 앉아 한바탕 꺼이꺼이 울고 나서,
서둘러 집으로 돌아왔다. 아무렇지도 않은 얼굴로 도서실
에서 공부하다 늦었다고 거짓말을 하고 엄마가 차려준 늦은
저녁을 게 눈 감추듯 먹어치웠다. 내 인생의 한 페이지가 접
히는 것처럼 당황스럽고 비현실적인 저녁이었다.

어쩌면, 내가 그러했던 것처럼 누구나 스스로에게 상처
를 입히는 '여우' 한 마리 가슴에 품고 살아가는 게 인생인지
도 모르겠다. 그것이 아버지에 대한 미움이든, 세상에 대한
적개심이든, 스스로에 대한 열패감이든. 가까운 친구, 가
족, 스승 그 누구에게도 보일 수 없는, 혼자 감당하고 스스

102
신여랑

로 상처받아야 하는 우리들 각자의 여우.

결국 문학이라는 것, '시'라는 것, '소설'이라는 것, 그것 또한 우리들 각자가 품고 있던 '여우'에 대한 고백인지도 모른다. 그래서 사람들은 끊임없이 시와 소설을 읽고, 누군가는 쓰게 되는지도. 그래서 서로의 '여우'를 남모르게 주고받으며 서럽게 울게 되는지도.

문득문득 그 시절 내 곁에 시나 소설이 없었다면, 나는 어땠을까? 되짚어본다.

더 못된 아이가 됐을까? 집으로 돌아오지 않았을까? 아니면? 아니면?

모르겠다. 내가 어땠을지.

하지만 이것만은 분명하다.

그것이 그때 내가 손을 내밀 수 있는 유일한 친구였다는 것.

나의 악의와 고통과 외로움을 함께한 유일한 친구였다는 것.

만약에 그것이 내 곁에 없었다면, 나를 위해 눈물 한 방울조차 흘릴 수 없었으리라는 것.

그래서 나는 요즘 어쩌다 아이들을 만나게 되면, 시 애

기부터 꺼낸다.

"혹시 아는지 모르겠는데, 세상에는 '시'라는 게 있거든. 잠들기 전에 아무데나 펼쳐서 읽기 좋아. 이를테면 웹툰 만화 같은 거야! 찌릿하고 통하니까" 라고 너스레를 떤다.

아이들이 듣기 싫다고 하건 말건 막무가내로 내가 좋아하는 시 한 편을 읽어준다.

슬픔이 나를 깨운다.
벌써!
매일 새벽 나를 깨우러 오는 슬픔은
그 시간이 점점 빨라진다.
슬픔은 분명 과로하고 있다.
소리 없이 나를 흔들고, 깨어나는 나를 지켜보는 슬픔은
공손히 읍하고 온종일 나를 떠나지 않는다.
슬픔은 잠시 나를 그대로 누워 있게 하고
어제와 그제, 그끄제, 그 전날의 일들을 노래해준다.
슬픔의 나직하고 쉰 목소리에 나는 울음을 터뜨린다.
슬픔은 가볍게 한숨지며 노래를 그친다.
그리고, 오늘은 무엇을 할 것인지 묻는다.

모르겠어 … 나는 중얼거린다.

슬픔이 나를 일으키고
창문을 열고 담요를 정리한다.
슬픔은 책을 펼쳐주고, 전화를 받아주고, 세숫물을
데워준다.
그리고 조심스레
식사를 하시지 않겠냐고 권한다
나는 슬픔이 해주는 밥을 먹고 싶지 않다.
내가 외출을 할 때도 따라나서는 슬픔이
어느 결엔가 눈에 띄지 않기도 하지만
내 방을 향하여 한 발 한 발 돌아갈 때
나는 그곳에서 슬픔이
방안 가득히 웅크리고 곱다랗게 기다리고 있음을 안
다.

　　　　　　　　　　　─ 황인숙 〈슬픔이 나를 깨운다〉 전문

언젠가 이 시를 읽어주었더니, 어떤 녀석이 "와 제목 죽
이는데요! 근데 나라면 더 근사하게 뽑을 수 있을 거 같아

요. 분노가 나를 깨운다! 어때요? 죽이죠?"라고 해서 와하하 하고 웃기도 했다. 속으로 '그래 슬픔이 아니라 너를 깨우는 건 분노인지도 모르지. 어쩌면 네가 말하는 분노가 슬픔의 다른 이름인지도 모르겠다'라고 생각하면서, "죽이긴 하는데, 너 혹시 게임을 너무 많이 하는 거 아니야? 어쩐지 게임 필인데!" 하고 맞장구를 쳐준다. 녀석이 그렇게 장난처럼 대답해도, 나는 기쁘다. 혹시라도 한 번쯤 내가 읽어준 그 시 때문에 녀석도 언젠가 '시'를 읽게 되지 않을까. 나는 기대한다.

소설책 얘기를 할 때도 마찬가지다. 나는 아이들에게 너스레를 떤다.

"내가 완전 재밌는 소설책을 줄줄 꿰고 있거든" 하고 시작한다. 그리고는 조심스레, 그 시절 나처럼 '여우'를 품고 사는 것 같은 아이에겐 최근에 읽은 《소녀에게는 어울리지 않는 직업》을 내밀고, 차라리 빨리 늙어버렸으면 좋겠다고 이렇게 사는 게 피곤하다고 툴툴대는 아이에겐 마녀에게 몸을 빼앗긴 아이의 이야기 《13개월 13주 13일 보름달이 뜨는 밤에》를 내밀고, 수학만 없으면 살 것 같다고, 세상에서 수학이 제일 싫다고 하는 아이에게는, "이걸 읽고 나면 수학으로 사랑고백도 할 수 있을 걸" 하면서《박사가 사랑한 수식》을 내민다. 너희들한테 이런 책을 권해줄 수 있어서 다행이야, 라고 생각하면서.

하지만 책이란 게, 권한다고 읽게 되는 건 아니다. 나도 그랬으니까. 누가 읽어보라고 해서 읽은 게 아니니까. 게다가 읽는다고 해서 금방 세상이 변하고, 내가 변하고, 행복해지는 게 아니니까. 깨달음은 항상 한 발 늦게, 예기치 않은 순간에 들이닥치는 법이니까.

그래도 이 말은 꼭 해주고 싶다.

"어쩌면, 우리는 모두, 가슴에 여우 한 마리를 품고 살아가는지도 몰라. 그 여우의 발톱에 이빨에 물어뜯기면서 살아가는 것인지도 몰라. 생각해 봐, 너희들의 여우를! 그래, 알아. 시나 소설이 너희들의 여우를 잠재울 수는 없을 거야. 시나 소설을 읽어도 우리는 여전히 그 여우 때문에 아프고, 외롭고, 힘들 테니까. 하지만 그러니까, 그래서 읽어야 하는 건 아닐까? 그 여우 때문에 혼자 아픈 나를 위해서 말이야. 같이 울어줄 친구 하나쯤은 있어야 조금은 덜 외로울 테니까. 내가 잘 알아. 내가 그랬거든!" 이라고.

이금이

1962년 충북 청원에서 태어나 1984년 '새벗문학상'과 1985년
'소년중앙문학상'에 동화가 당선되어 작가로 활동하기 시작했으며,
제 39회 '소천아동문학상'을 받았다. 초등학교 '국어' 교과서에 〈송아지 내기〉,
〈우리 집 우렁이각시〉, 〈대화명 인기 최고〉, 〈소희의 일기장〉 등 동화 4편이
실려 있다. 대표적인 작품으로 〈너도 하늘말나리야〉, 〈밤티 마을 큰돌이네 집〉,
〈나와 조금 다를 뿐이야〉, 〈영구랑 흑구랑〉, 〈내 친구 재덕이〉, 〈쓸 만한 아이〉,
〈햄, 뭐라나 하는 쥐〉, 〈땅은 엄마야〉, 〈도들마루의 깨비〉, 〈유진과 유진〉,
〈금단현상〉, 〈벼랑〉 등이 있다.

꿈을
찾는
책읽기

편력시대
-요한나 슈피리 《하이디》

충청도의 한 시골에서 태어난 나는 그곳에서 유년기를 보냈다. 그곳은 내가 초등학교 6학년이 돼서야 전깃불이 들어왔을 만큼 외진 산골이었다. 어느 면으로 보나 모든 것이 궁핍하기만 했을 그 시절이 한없이 풍요로운 기억으로 남은 이유는 넘쳐흘렀던 이야기 덕분인 것 같다.

'옛날이야기 좋아하면 가난하게 산다'는 속담 따위는 아랑곳하지 않았던 나의 할머니는 이야기가 있는 곳이라면 일도 팽개치고 쫓아갈 만큼 좋아하셨다. 뿐만 아니라 할머니는 당신의 이야기 주머니 속에 들어있는 온갖 재미나고 신기한 이야기를 구수하게 풀어놓는 솜씨도 대단했다. 그 이야기들은 먼 세상이 아니라 우리 마을의 산이며 고개, 바위, 나무 등을 배경으로 펼쳐졌으므로 나는 할머니가 들려주는 둔갑하는 여우 이야기나 담배 피우는 호랑이 이야기가 실제라고 여겼다.

그런 이야기가 책 속에 들어있다는 것을 처음 안 것은 한글을 읽을 줄 알았던 동네 할머니의 댁에서였던 것 같다. 누군가 필사를 해서 끈으로 묶어 만든 이야기책을 여러 권 갖고 있던 그 할머니는 겨울밤이면 동네 부녀자들에게 책을 읽어주곤 했다. 할머니 등에 업혀 그 집으로 마실을 간 나는 어른들 틈에 끼어 앉아 이야기책 읽는 소리에 귀를 기울였다. 심청전, 박씨부인전, 운영낭자전 같은 이야기들은 어린 나의 혼을 쏙 빼놓았다. 그뿐인가, 집집마다 달려 있는 스피커를 통해 들려오던 라디오 연속극도 재미난 이야기였다.

이렇게 듣는 이야기에 푹 파묻혀 유년시절을 보낸 나는 초등학교에 입학하면서부터 서울에서 살게 되었다. 하지만 나는 서울생활이 그다지 즐겁지 않았다. 시골에서는 이야기책 내용을 줄줄 말하고, 라디오 연속극의 성우 흉내도 곧잘 내는 영특한 아이였던 내가 서울내기들 틈에서는 충청도 사투리를 쓰는 촌뜨기에 불과하다는 사실에 주눅 들고 자존심이 상했다. 그리고 무엇보다 재미없었던 건 서울엔 이야기가 없다는 사실이었다.

아버지가, 그림은 가끔씩 나오고 글자만 가득한 책들을 사다주시곤 했는데 겨우 한글을 뗀 내게는 이해하기 벅찬 내용들이었다. 뜻을 파악하느라 끙끙대며 책을 읽다보면 그 글자들은 상상력을 가두는 감옥이 되곤 했다. 학교를 오가는 길목에도 이야기가 없기는 마찬가지였다. 유리조각이 꽂힌 시멘트 담장이나 똑같이 생긴 집들이 죽 늘어선 골목길에서는 둔갑을 부리는 여우나 담배 피우는 호랑이를 불러낼 수가 없었다.

어떻게 해서 처음으로 만홧가게엘 가게 됐는지는 기억이 나지 않는다. 아무튼 글자는 별로 없고 그림은 많아 이해하기 쉬운 만화는 내 가슴 속에서 시나브로 꺼져가던 이야기의 불씨를 단숨에 활활 타오르는 불길로 되살려놓았다. 만홧가게는 할머니의 이야기 주머니와는 비교도 할 수 없을 만큼 재미있고 신기한 이야기 궁전이었다. 나는 걷잡을 수 없을 만큼 빠르고 깊게 만화의 세계에 빠져들기 시작했다.

예나 지금이나 자식이 만화책 보는 걸 좋아하는 부모는 없다. 내 부모님들도 마찬가지여서 동네의 만홧가게는 출입금지 장소였다. 초등학생 시절, 내가 저지른 거의 모든 범죄는 '만화'와 연관이 있다고 해도 과장이 아니다. 만화는 늘 내가 마음속에서 벌이는 싸움의 승리자였다. 나는 돈만 생기면 만홧가게로 달려갔다. 만화책을 옆에 쌓아놓고 앉았을 때의 뿌듯함은 낟가리를 쌓아놓은 농부 못지않았을 것이다. 만홧가게에서는 어묵이나 떡볶이도 팔았지만 한 번도 사먹은 기억이 없다. 만화책을 한 권이라도 더 보고 싶었기 때문이다. 나는 순정만화를 즐겨 보았는데, 슬픈 이야기에 눈물범벅이 돼 만화를 보고 있노라면 주인아줌마가 몇 권을 더 덤으로 빌려주곤 했던 기억이 난다.

처음엔 돈이 생길 때만 갔었는데 그런 일이란 너무 가끔씩 일어났다. 만홧가게는 여전히 건재하고 그 안의 만화는 나날이 새롭게 바뀌는데 말이다. 나는 급기야 엄마의 지갑에 손을 대기 시작했다. 꼬리가 길면 잡히는 법, 들켜 호되게 혼난 뒤 엄마는 지갑단속을 하기 시작했고 만화가 원흉임을 알게 된 다음에는 손님들로부터 받는 용돈도 일일이 체크하였다.

만화에 중독이 된 나는 만화를 볼 수만 있다면 영혼이라도 팔 수 있을 것 같았다. 그런데 영혼을 산다는 사람은 없었으므로 나는 부모님 몰래 신문이며 빈 병 같은 것을 내다 팔기 시작하다 점점 간이 커져 아버지가 사다주신 잡지나 책까지도 들고 나갔다. 그리고 몇 푼 손에 쥐어지면 나는 알콜 중독자마냥 떨리는 가슴을 움켜잡고 만홧가게로 달려갔다. 심지어는 고모네 집에 심부름을 가던 길에 우선 만홧가게부터 들러, 군것질하라고 준 돈은 물론 차비까지 털어

이금이

만화를 보고 결국은 갈현동에서부터 서소문까지 걸어갔던 적도 있었다. 이렇듯 만화 때문에 받는 고통은 길고 무거웠으나 만화 때문에 느끼는 짧고 강렬한 기쁨을 이기지 못하고 나는 번번이 무릎을 꿇곤 하였다.

만남이 그랬듯이 어떻게 만화와 결별했는지도 기억이 분명치 않다. 다만 만화를 보며 쌓은 내공으로 글자가 많은 책도 잘 이해하게 된 시점이 아니었나 짐작할 뿐이다. 아마도 우리는 별다른 회한을 남기지 않고 서로의 행복을 빌어주며 쿨하게 헤어진 모양이다. 그로 인해 저질렀던 잘못들까지도 이렇게 기분 좋게 털어놓고 있는 걸 보면 말이다. 어쨌거나 만화는 나를 책의 세계로 인도해준 징검다리와 같은 존재이다.

듣는 책, 보는 책에서 드디어 읽는 책의 재미를 안 나는 그때까지 장식용으로 자리를 차지하고 있던 50권짜리 소년소녀 세계명작전집을 한 권 한 권 읽어치우기 시작했다. 모두 외국작품들이었지만 내 또래 아이들이 겪는 모험이나 시련은 어찌나 흥미진진한지 먹는 것도, 자는 것도 잊게 할 정도였다. 그 중에서도 나는 《알프스 소녀 하이디》가 가장 재미있었다. 사실 작가이름이나, 원제가 1880년 출간된

《하이디의 수업시대와 편력시대》와 1881년 출간된 이후의 이야기인 《하이디는 배운 것을 쓸 줄 안다》였고, 내가 읽은 것은 두 이야기를 합친 작품이라는 것도 어른이 돼서야 알았다. 내가 그때 읽었던 책이 축약본이었다는 사실도 함께 말이다.

나는 가본 적도 없으면서 하이디가 사는 알름산의 오두막을 어렵지 않게 상상할 수 있었다. 내가 살았던 시골 들판의 풍경으로 전환시켜 하이디와 페터를 뛰놀게 했기 때문이다. 심지어 나는 건초더미의 향긋한 내음과 전나무 사이로 부는 바람까지도 실제인 듯 떠올릴 수 있었다. 하이디가 알름산에서 할아버지와 양치기 소년 페터네 식구와 살 때는 나 또한 행복했고, 장애를 가진 클라라의 놀이친구가 되기 위해 프랑크푸르트로 이끌려 갈 때는 가슴이 아팠다. 도시에서의 삶에 적응하지 못한 하이디가 알름산과 할아버지를 그리워한 나머지 몽유병에 걸린 장면에서는, 읽을 때마다 처음인 듯 눈물이 쏟아지곤 했다. 도시생활에 적응하지 못하고 시골을 그리워하는 내 모습 같아 더 감정이입이 됐는지도 모르겠다.

따뜻하고 순순한 마음으로 주위사람들의 상처를 어루만

116
이금이

져주고, 그 사람들을 행복하게 만들어주는 하이디는 내게도, 내가 받은 감동을 나의 독자들에게도 나누어 주고 싶다는 꿈을 갖게 해주었다.

수업시대
-박경리 《토지》

《연금술사》로 유명한 파울로 코엘료의 산문집 《흐르는 강물처럼》의 프롤로그에는 작가에 대한 재미있는 이야기가 실려 있다. 열다섯 살 때 작가가 되겠다고 마음먹은 코엘료는 엄마의 질문에 답하기 위해 작가에 대한 조사를 한다.

소년 코엘료가 1960년대 초에 조사한 바에 따르면 작가는, 늘 헝클어진 머리로 화를 내거나 우울한 얼굴로 '심오한' 것들에 대해서만 이야기하며, 천재로 간주되기 위해 동시대인들로부터 이해받기를 거부한다. 또한 보통 사람은 사용하지 않는 단어로 쓴 문장들을 끊임없이 다듬고 수정해서 출간한 작품이 '가장 난해한 책'이라는 영예를 얻기를 원하면서도, 자신의 최근작을 몹시도 혐오하는 자들이다. 어려운 용어를 구사해 비평을 하고, 요즘 무슨 책을 읽느냐는 질문에 남들이 보도 듣도 못한 제목을 대며, 감동적인 책을 말하라고 하면, 하나같이 제임스 조이스의 《율리시즈》를 (제대로 읽었을지 의심스럽지만) 내세운다. 하지만 그들도 작가이기 전에, 어려워 골치 아픈 책은 사기를 꺼려하는 사람들이다. 아마도 소년 코엘료는 자신은 그런 작가는 되지 않겠다고 생각했을 것이다. 열다섯 살에 작가라는 존재를 그렇게 날카롭게 해부한 것을 보면, 코엘료는 어린 시절부터 인간과 삶을 보는 통찰력과 혜안이 대단했던 것 같다.

그에 비하면 나는 얼마나 어수룩하고 단순했는지 작가를, 원고지를 구겨 마음대로 버려도 되는, 그동안 읽었던 동화들처럼 이 세상에 있을 법한 이야기를 재미있게 꾸며 쓰는 사람 정도로 알고 있었다. 그리고 그것도 어른이 된 나중에 되는 것이니 미리 생각할 바가 아니라고 속편하게 생각했다. 그 무렵 내가 읽었던 책들은 대부분 몇십 년 전에서부터 멀게는 100여 년도 더 전에 쓰인 것들이어서 아무리 재미있게 읽은 책이라 할지라도 그 책을 쓴 작가의 존재는 오래된 비문의 글자처럼 희미하게만 여겨졌다.

작가가 되고 싶었으면서, 책을 읽으면서도 정작 작가에게는 큰 관심이 없던 내가 박경리 선생의 《토지》를 처음 만

118
이금이

난 것은 중학교 2학년 겨울방학 때였다. 나보다 한 살 많은 친척 언니가 '책을 좋아한다면서 아직도 안 읽었냐'고 내 자존심을 건드리며 권해준 책이었다. 여섯 권이라는 만만치 않은 분량이었다. 다른 애가 읽은 책을 읽지 못한 것을 큰 수치로 알던 때였는데 제목도 모르고 있었다니 … . 자존심에 큰 상처를 입은 나는 곧 그 책을 펼쳐들었다. 그리고 서문을 읽는 순간 온몸에 전율이 일었다.

《토지》제 1부를 〈현대문학〉에 연재중이던 1971년 8월, 암이라는 진단에 의해 수술을 받은 일이 있다. 수술 전날 병실 창가에서 동대문 쪽으로부터 남산까지 길게 걸린 무지개를 보았다. 참 긴 무지개였었다.

아마 나를 데려가나 보다, 하고 나는 혼자 무심히 중얼거렸다. 그날 회진 온 의사에게 물었다. 수술은 몇 시간이나 걸리느냐고. 세 시간 쯤 걸린다는 대답이었다.

대 수술이군요, 하고 뇌었다. 삶에 보복을 끝낸 것처럼 평온한 마음이었다. 휴식으로 들어가는 기분이기도 했다. 야릇한 쾌감 비슷한 것도 있었다.

정작 죽음의 공포, 암이라는 병에 대한 불안은 가을,

119
꿈을 찾는 책읽기

회복에서부터 시작되었다. 언덕길이 보이는 창가에 앉아서 아이들이 뛰어가고 시장바구니를 든 주부가 지나가는 풍경을 바라보며 세상은, 모든 생명, 나뭇잎을 흔들어주는 바람까지 더없이 소중하게 느껴졌다. 살고 싶다고 생각했다.

아름다운 것들, 진실이 손에 잡힐 것만 같았고 그것들을 위해 좀더 일을 했으면 싶었다.

고뇌스러운 희망이었다. 글을 쓰지 않는 내 삶의 터전은 아무 곳에도 없었다. 목숨이 있는 이상 나는 또 글을 쓰지 않을 수 없었고, 보름 만에 퇴원한 그날부터 가슴에 붕대를 감은 채 《토지》의 원고를 썼던 것이다. 백 장을 쓰고 나서 악착스런 내 자신에 나는 무서움을 느꼈다.

어찌하여 빙벽에 걸린 자일처럼 내 삶은 이토록 팽팽해야만 하는가. 가중되는 망상의 무게 때문에 내 등은 이토록 휘어들어야 하는가. 나는 주술에 걸린 죄인인가. 내게서 삶과 문학은 밀착되어 떨어질 줄 모르는, 징그러운 쌍두아였더란 말인가. 달리 할 일도 있었으련만, 다른 길을 갈 수도 있었으련만….

전신에 엄습해오는 통증과 급격한 시력의 감퇴와 밤

낮으로 물고 늘어지는 치통과, 내 작업은 붕괴되어 가는 체력과의 맹렬한 투쟁이었다. 정녕 이 육신적 고통에서 도망칠 수는 없을까? 대매출의 상품처럼 이름 석 자를 걸어놓은 창작행위, 이로 인하여 무자비하게 나를 묶어버린 그 숱한 정신적 속박의 사슬을 물어 끊을 수는 없을까?

자의로는, 그렇다, 도망칠 수는 없다. 사슬을 물어 끊을 수도 없다. 용기가 없는 때문인지도 모른다. 운명에의 저항인지도 모른다.

마지막 시각까지 내 스스로는 포기하지 않으리.

그것이 죽음보다 더한 가시덤불의 길일지라도.

(중략)

1973년 6월 3일 밤

원고지나 마음대로 구기고, 즐거운 상상들을 이야기로 꾸며 쓰면 될 줄 알았던 작가라는 것이 이토록 고통스럽고 천형 같은 것이로구나. 내가 가고자 하는 길이 바로 이런 길이다. 서문을 일기장에 옮겨 적으며 나는 내 꿈 앞에서 한없이 경건하고 비장해졌다.

그럼에도 불구하고 지금 돌이켜 보면 나는 《토지》를 연애소설로 받아들였던 것 같다. 구천이와 별당아씨의 금기를 깨트린 사랑, 월선이와 용이의 애절하고 애틋한 사랑, 그리고 서희와 길상, 봉순이의 삼각관계와 신분 차이에서 비롯된 긴장감 넘치는 사랑⋯. 사춘기 소녀의 애를 태우는 사랑은 아직도 진행형인데 책은 이제 겨우 2부를 마쳤을 뿐이었다. 그 뒤로 나는 소설이 연재되는 문예지가 나오는 날을 목을 빼고 기다렸다. 연재소설 앞에는 작가의 말 같은 것이 실리곤 했는데 고뇌에 찬 그 언어들은 마치 박경리 선생이, 작가가 되고 싶어하는 내게 들려주는 준열한 육성처럼 여겨졌다. 한 회, 한 회 선생의 피를 짜내 쓴 듯한 소설을 읽는 것 자체가 내게는 작가정신과 더불어 인간을 다루고, 마음을 다루고, 말을 다루는 방법을 배우는 시간이었다.

　이 작품을 매개로 해서 나는 〈현대문학〉이나 〈문학사상〉 같은 문예지에 실리는 현대소설을 알게 됐다. 비로소 나는 나와 함께 같은 시대를 살아가며(세대 차이는 있지만) 왕성하게 활동하는 작가들의 작품을 읽기 시작했고, 지금은 원로작가가 된 분들의 추천작이나 초기작들을 접하며 작가의 꿈을 구체화 시켰다.

책을 읽지 않을 권리

-다니엘 페나크 《소설처럼》

다른 욕심에 비해 책 욕심이 많은지라 신문에 책 리뷰가 실리는 날이면 인터넷 서점의 장바구니가 그득해진다. 그뿐인가, 다른 사람들과 대화를 나누다가도 내가 안 읽은 책에 대한 이야기를 하면 귀가 솔깃해져, 이야기 내용은 잊어도 책 제목은 기억했다가 주문하기도 한다. 아마 서점에 직접 나가야 한다면 게을러서, 아니면 무거워서, 읽고 싶은 욕망의 순도가 높은 책들만 살 것이다. 편리한 세상이라 간단한 수고로 집에 가만히 앉아 받아볼 수 있으니 나의 책 사기는 점점 홈쇼핑처럼 돼가는 것 같다. 당연히 책상 위에는 안 읽은 책들이 쌓여간다. 그 책들이 빚쟁이처럼 '어서 읽으라'고 내 마음을 조르는 건 사실이다.

가끔씩 부재중에 도착한 책을 찾으러 경비실 걸음을 해야 하는 아들아이가 어느 날 물었다.

"엄마, 그동안 산 책 다 읽기는 하셨어요?"

마음 한구석이 켕기는 걸 슬며시 덮어두고 되레 큰소리를 친다.

"책이 꼭 읽어야만 맛인 줄 알아?"

"책은 읽어야 맛이지, 그럼 뭐예요?"

"좋은 책은 곁에 두고 보기만 해도 마음의 양식이 되는 거야. 그저 책상 위에 놓여 있는 것 같지만 존재만으로도 책이 얼마나 큰 역할을 하는 줄 알아?"

어떤 책은 제목만으로도 무한한 상상력을 불러일으킨다. 또 어떤 책은 서문만으로도 영감과 자극을 주기도 하며, 멋진 장정과 책 특유의 냄새만으로도 보는 눈과 마음을 흡족하게 한다. 아들아이에게는 궤변처럼 여겨지겠지만 내 말은 진심이다.

내가 책, 그리고 독서에 대해 처음부터 이렇게 융통성 있는 생각을 했던 것은 물론 아니다. 책에 경도된 사람들이 그렇듯이 나 역시 책에 대해서는 과도한 엄숙주의에 빠져 있었다. 반드시 앞표지부터 뒤표지까지 샅샅이 읽는 것이 책에 대한 예의이고 책은 보물처럼 소중하게 다루어야 한다고 여겼다. 내 아이들에게도 나의, 책에 대한 외경심을 대물림하지 못해 안달했다.

독서에 대한 새로운 관점을 제시한 프랑스의 교육자이며 작가인 다니엘 페나크의 《소설처럼》은 작가이며 독자이자, 아이에게 독서지도를 해야 하는 엄마이기도 한 내게 많은 깨달음을 준 책이다.

그가 기술한 '독자의 권리'를 읽으며 나는 깊이 공감했고, 잘못된 엄숙주의로부터 해방된 통쾌함과 자유로움을 느꼈다.

① 책을 읽지 않을 권리
② 건너뛰며 읽을 권리
③ 끝까지 읽지 않을 권리
④ 다시 읽을 권리
⑤ 아무 책이나 읽을 권리
⑥ 보바리즘(현실과 소설 세계를 혼동할)을 누릴 권리
⑦ 아무 데서나 읽을 권리
⑧ 군데군데 골라 읽을 권리
⑨ 소리 내어 읽을 권리
⑩ 읽고 나서 아무 말도 하지 않을 권리

독서는 누군가의 강요에 의해서 억지로 해야 하는 학습 중의 한 가지가 아니라 긴 삶의 여정을 함께 해줄 동반자를 찾는 행위이다. 어린이나 청소년에게 독서를 강요하기 전에 그 사실을 먼저 일깨워줘야 할 것이다. 그들에게 책의 선택이나 읽는 방식에 대한 강요나 간섭 없이, 또 읽고 난 다음에도 독후감이나 일기 따위의 부담감 없이 온전하게 독서의 즐거움을 누릴 수 있는 기회를 주어야만 한다. 그런 경험이 많은 아이들일수록 책의 진정한 가치를 빨리 찾아낼 것이다. 내가 책을 통해 꿈을 찾고, 꿈을 이루었던 것처럼!

인간은 살아 있기 때문에 집을 짓는다.
그러나 죽을 것을 알고 있기에 글을 쓴다.
인간은 무리를 짓는 습성이 있기에 모여서 산다.
그러나 혼자라는 것을 알기 때문에 책을 읽는다.
독서는 인간에게 동반자가 되어 준다.
하지만 그 자리는 다른 어떤 것을 대신하는 자리도,
그 무엇으로 대신할 수 있는 자리도 아니다.
독서는 인간의 운명에 대하여 어떤 명쾌한 설명도 제시하지 않는다.
다만 삶과 인간 사이에 촘촘한 그물망 하나를 은밀히 공모하여 옭아놓을 뿐이다.

그 작고 은밀한 얼개들은 삶의 비극적인 부조리를 드
러내면서도

살아간다는 것의 역설적인 행복을 말해준다.

그러므로 우리가 책을 읽는 이유도 우리가 살아가는
이유만큼이나 불가사의하다.

— 다니엘 페나크 《소설처럼》 중

정일근

1958년 경남 진해에서 태어나 경남대학교 사범대학 국어교육과를 졸업했다.
1984년 〈실천문학〉(통권5호) 신인작품 모집에 〈야학일기〉 등 7편의 시가
당선되고 1985년 〈한국일보〉 신춘문예에 시 〈유배지에서 보내는 정약용의
편지〉가 당선되어 시인이 되었다. 시집으로 〈바다가 보이는 교실〉, 〈유배지에서
보내는 정약용의 편지〉, 〈그리운 곳으로 돌아보라〉, 〈처용의 도시〉, 〈경주 남산〉,
〈누구도 마침표를 찍지 못한다〉, 〈마당으로 출근하는 시인〉, 〈오른손잡이의
슬픔〉, 〈착하게 낡은 것의 영혼〉 등이 있다. 시와시학 젊은시인상, 소월시문학상,
영랑시문학상 등을 수상했다. 〈경향신문〉과 〈문화일보〉 사회부 기자를 지냈으며
현재는 울산시 울주군 웅촌면의 '은현리'란 시골마을에서 꽃을 키우고
시를 쓰며 살고 있다.

책이__
__운명을
만든다

운동장 조례시간이면
사마귀 난 내 손등이 슬펐다
어머니는 술 팔고
우리는 애비 없는 자식이었다
하나뿐인 방에까지 손님이 들면
동생은 도둑고양이처럼 웅크려
부뚜막에 누워 잠자고
안데르센 동화책을 읽어야 하는데
그림숙제를 해야 하는데
밤늦게 술 주전자를 나르며
같은 반 그 가시내 볼까 부끄러워
나는 자꾸만 달아나고 싶었다
앞으로 나란히
앞으로 나란히
내미는 손을 앞질러 달아나고 싶었다

아픈 풍경들 박박 지워버렸지만
돌아보면 나는 여전히 그곳에 남아
부끄러운 손등 감추지 못하고

앞으로 나란히

앞으로 나란히

　　　　　　— 정일근 〈앞으로 나란히〉 전문

　내가 가졌던 최초의 내 책은 《안데르센 동화전집》이었
다. 그것도 한 권이 아니라 1960년대, 그 당시 귀하디귀한
컬러판으로 만들어진 6권짜리 전집이었다. 책상 위에 놓여
있는, 하얀색 커버 안에 6권의 책이 번호대로 나란히 꽂힌
그 전집을 볼 때마다 저 책의 주인이 나라는 생각에 들떠 잠
이 오지 않았다.

　시골 할아버지 댁에 살 때 전기가 들어왔을 때도 그렇게
설레지 않았다. 아버지가 집에 흑백TV를 들여놓았을 때도
그렇게 설레지 않았다. 책이 있어 그렇게 좋을 수가 없었다.
자다가도 일어나 내 책이 잘 있는지 살펴보았을 정도다.

　하나뿐인 여동생에게도 오빠인 내가 직접 보여주기 전
에는 책을 만지지 못하게 엄명을 내렸다. 책에 때가 탈까
싶어 친구들은 아예 집으로 데리고 오지 않았다. 나는 초등
학교 5학년이었고 늦봄이었다. 그렇게 나는 내 책을 가졌고
나의 책읽기는 시작되었다.

그렇다고 그때 나는 잘 사는 집의 아들이 아니었다. 책을 가지기 한 해 전에 아버지가 뺑소니 교통사고로 돌아가시면서 빚잔치로 살림이 거덜난 가난한 집안의 가난한 아들이었다. 그때 어머니는 어린 두 자식을 먹여 살리기 위해 작은 가게를 빌려 밥장사 술장사를 하였다.

　그 책이 왜 내 책이 되었는지를 이야기하려면 내 가족사를 털어놓을 수밖에 없다. 나는 벚꽃이 피는 군항의 도시인 진해에서 태어났다. 전근이 잦은 군인인 아버지 덕에 어린 시절은 시골에서 할아버지의 손자로 자랐고, 초등학교에 입학하기 전 다시 진해로 돌아와서는 군복을 벗고 예비역이 된 아버지의 아들이 되었다.

　아버지는 내가 초등학교 4학년 때 돌아가셨다. 뺑소니 택시사고로 싸늘한 주검이 되어 돌아온 아버지는 아내와 초등학생인 아들, 딸을 가진 가장이었고, 대가족의 장남으로 할아버지와 할머니를 모시고 중·고등학생이었던 고모들을 공부시켜야 할 의무를 가진 35살의 젊은 아버지였다.

　아버지의 유고로 우리 집은 한순간에 풍비박산이 났다. 그전 해 시골의 많은 농사를 정리하고 아들따라 진해로 이주해온 할아버지 식구들은 아버지가 사업을 하면서 남긴 부채로 해서 집마저 잃고 일곱 평 반 홉짜리 양철지붕 아래 살게 되었다.

할아버지 할머니는 시멘트 봉투를 털어 작은 종이봉투를 만들어 팔았다. 그 시멘트 가루 덕에 할머니는 돌아가실 때까지 천식 치료약을 먹어야 했다. 언젠가 할머니께서 하신 한탄의 말을 들은 적이 있다. '내가 먹은 약이 몇십 가마는 넘을 것이다'라고. 그 시절의 지독한 가난으로 얻은 병 탓으로 할머니는 수십 가마의 약을 먹으며 사셨던 것이다.

어머니는 나와 동생을 공부시키기 위해 장사를 시작했다. 서른세 살 한 많은 여자의 일생이 길바닥에 던져진 것이었다. 어머니의 피눈물 같은 세월이 시작된 것이었다. 아버지를 잃은 나는 젊은 어머니의 눈물이 더해져 병약하고 눈물 많은 어린이가 되었다. 또 그 눈물이 나를 조숙하게 만들었다.

라디오에서 흘러나오는 유행가 가사를 받아 적어 따라 불렀고 진해의 벚꽃이 비바람에 질 때는 안타까워 혼자 울기도 하였다. 그러다 보니 국어책에 실린 시를 모두 외우게 되고 고모들의 중고등학교 국어 교과서의 시들까지 다 외우게 되었다.

초등학교 5학년 때 담임선생님은 시를 줄줄 외는 내 암기력을 문학적인 자질로 이해하셨는지 나는 문예반으로 보내졌다. 그리고 처음 나가본, 도 대회에 보낼 시 대표를 뽑는 백일장에서 실력파로 소문난 6학년들을 제치고 장원을 했다.

상을, 병약하여 개근상도 한 번 받아가지 못한 아들이 처음으로 교육장상을 받아가니 어머니가 그렇게 좋아할 수 없었다. 아버지 돌아가시고 나는 어머니가 웃는 모습을 처음 보았다. 상장을 들고 온 동네를 돌아다니며 자랑을 하셨다.

그때 나는 결심했다. 나는 글짓기를 잘하는구나. 앞으로 글을 쓰는 사람이 되어야겠구나. 무엇보다 어머니가 좋아하니, 저렇게 웃으시니 시를 써서 어머니를 행복하게 해드려야겠다. 초등학교 5학년 때 나는 장래희망을 시인으로 정했다.

어머니는 아들이 처음 받아온 상장의 보상으로 꽤 비싼 '컬러판 안데르센 동화전집'을 사주셨다. 그것도 책장사에게 1년 할부로 사셨다. 어려운 살림에 어머니는 내게 참으로 큰 선물을 하신 것이었다. 그래서 내 책이 생긴 것이었다.

그 시절 모든 것이 흑백의 시절이었다. TV도 신문도 교과서도 학교에서 읽었던 동화책도 모두 흑백이었다. 컬러판 동화전집이란 것이 지금에 비교하면 조잡하기 짝이 없는 것이었지만 그 책이 나를 처음으로 꿈을 꾸게 만들었다. 가난하고 눈물 많은 나에게 문학이란 꿈을 처음 꾸게 한 것이다.

안데르센 동화를 읽는 동안 나는 동화 속의 주인공이 되었다. 그 마법과 같은 시간이 없었다면 나는 몸과 마음이 아프기만 한 유년시절을 보냈을 것이다. 책을 읽는 동안 나는 그 고통의 시간에서 벗어날 수 있었고 먼 미래에 내가 찾아갈 마법의 성 같은 것을 어렴풋이 보았다. 그건 책읽기가 만들어주는 꿈이었다.

만약 어머니가 어려운 형편에 무리하면서까지 책을 선물하지 않았다면 나는 꿈이란 것을 꾸지 않았을 것이며 시인이란 희망을 가지지 못했었을지도 모른다. 안데르센 동화책 속에는 내가 보지 못한 세상이 있었다. 그 세상은 화려하고 따뜻했다. 나도 그런 글을 쓰고 싶었다.

나는 6학년 때에도 같은 대회에서 장원을 해 어머니를 즐겁게 만들어 주었다. 진해시 대표로 나간 두 번의 도 대회에서는 상을 받지 못했지만 그곳에서 만난 경상남도의 쟁쟁한 어린 문사들이 내가 우물 안 개구리에 불과하다는 것

정일근

을 가르쳐주었다. 백일장에서 만나 주소를 교환한 다른 도시의 친구들과 편지를 주고받으며 나는 세상에 난 많은 길을 만날 수 있었다. 그 길이 책이었다.

나는 열심히 책을 읽기 시작했다. 학급문고를 다 읽고 학교도서관의 책을 다 읽고 책이 가르쳐주는 꿈의 길을 찾았다. 중학생 때도 문예반이었고 고등학교 때는 문예부장을 했다. 그러는 사이 나는 백일장마다 상을 휩쓰는 꽤 이름이 난 문학소년이 되어 있었다.

초등학교 때에 받지 못했던 도 대회 상도 중학생이 되어서는 받았다. 나는 은행원이 되기 위해 상업고등학교로 진학했다. 진해에서 마산까지 버스를 타고 통학을 하며 나는 윤동주, 박인환 시인과 외국 유명시를 즐겨 읽고 외웠다. 제법 긴 시들도 학교를 오가며 외워버렸다.

진해와 마산 사이 장복산이란 높은 산이 있고 산을 통과하는 마진터널이 있었다. 장복산에 낙엽이 지는 가을날에는 학교를 마치고 돌아올 때 터널입구에서 내려 낙엽 위에 누워 시집을 읽다가 집으로 돌아왔다.

그렇다고 나는 결코 모범학생은 아니었다. 선생님들이 보실 때는 유명한 사고뭉치였다. 졸업할 무렵 취직이 확정된

모 시중은행 입행을 취소하고 나는 예비고사를 치고 대학진학을 선택했다. 다행히 그 사이 어머니는 장사로 조금은 기반을 잡으셨고 외아들의 대학진학을 흔쾌히 허락해주셨다.

第一信
아직은 미명이다. 강진의 하늘 강진의 벌판 새벽이 당도하길 기다리며 竹露茶를 달이는 치운 계절, 학연아 남해 바다를 건너 牛頭峰을 넘어오다 우우 소 울음으로 몰아치는 하늬바람에 문풍지에 숨겨둔 내 귀 하나 부질없이 부질없이 서울의 기별이 그립고, 흑산도로 끌려가신 약전 형님의 안부가 그립다. 저희들끼리 풀리며 쓸리어 가는 얼음장 밑 찬물 소리에는 열 손톱들이 젖어 흐느끼고 깊은 어둠의 끝을 헤치다 손톱마저 다 닳아 스러지는 謫所의 밤이여, 강진의 밤은 너무 깊고 어둡구나. 목포, 해남, 광주 더 멀리 나간 마음들이 지친 蓬頭亂髮을 끌고 와 이 악문 찬 물소리와 함께 흘러가고 아득하여라, 정말 아득하여라 처음도 끝도 찾을 수 없는 미명의 저편은 나의 눈물인가 무덤인가 등잔불 밝혀도 등뼈 자옥이 깎고 가는 바람 소리 머리 풀어 온 강진 벌판이 우는 것 같구나.

第二信

이 깊고 긴 겨울밤들을 예감했을까 봄날 텃밭에다 무를
심었다. 여름 한철 노오란 무꽃이 피어 가끔 벌, 나비들
이 찾아와 동무해 주더니 이제 그 중 큰놈 몇 개를 뽑아
너와지붕 추녀 끝으로 고드름이 열리는 새벽까지 밤을
새워 무채를 썰면, 절망을 썰면, 보은산 컹컹 울부짖는
승냥이 울음소리가 두렵지 않고 流配보다 더 독한 어둠
이 두렵지 않구나. 어쩌다 폭설이 지는 밤이면 등잔불을
어루어 詩經講義補를 엮는다. 학연아 나이가 들수록 그
리움이며 한이라는 것도 속절이 없어 첫해에는 산이라도
날려 보낼 것 같은 그리움이, 강물이라도 싹둑싹둑 베어
버릴 것 같은 한이 폭설에 갇혀 서울로 가는 길이란 길
은 모두 하얗게 지워지는 밤, 四宜齋에 앉아 詩 몇 줄을
읽으면 아아 세상의 법도 왕가의 법도 흘러가는 법, 힘
줄 고운 한들이 삭아서 흘러가고 그리움도 남해 바다로
흘러가 섬을 만드누나.

— 정일근 〈유배지에서 보내는 정약용의 편지〉 전문

나는 사범대학 국어교육과로 진학했다. 서울과 경남지역 예비고사에 모두 합격했다. 그 시절 시도별 지역을 선택해 예비고사를 쳐서 합격해야 그 지역에 있는 대학에 갈 수 있었다. 어머니는 서울행은 막으셨다. 학비는 댈 수 있지만 하숙비를 줄 형편은 못 된다는 것이었다.

어머니는 외아들을 슬하에서 떠나보내기 싫었던 것인지도 모른다. 내가 집에서 학교에 다니는 것이 어머니에게는 학비와 아들이란 두 마리 토끼를 다 잡는 것이었을지도 모른다. 어려워도 같이 살며 어려운 것이 좋지 않겠느냐는 어머니의 뜻을 따랐다.

내가 국어교육과를 택한 것은 국어교사가 되기 위해서가 아니라 내가 선택한 대학에 국문과가 없어서였다. 시인이 되기 위해서 국어교육과도 좋을 것 같았다. 최선이 아니라도 차선의 선택이었다. 사실 나는 국어교육과와 국문과의 차이를 잘 알지도 못했다.

대학에 입학해서 초등학교에서부터 고등학교 때까지 내가 읽은 책들과 내가 외운 시들이 유신정권이라는 제도교육의 울타리를 벗어나지 못한 것을 알았다. 대학에 들어와서 〈창작과 비평〉과 〈문학과 지성〉이란 문예지가 있는 것도 처음 알았고 처음 읽었다. 판금된 김지하의 시집을 숨어서 읽었다. 김소월과 윤동주의 시를 시의 전부로 알았던 나에게 새로운 얼굴을 한 시들이 충격으로 다가왔다.

대학은 혼돈의 책이었다. 나는 아무것도 모른 채 그 책들을 읽기 시작한 한 마리 작은 나비였다. 광풍이 불고 비바람이 몰아치는 꽃밭에서 앉을 곳을 찾지 못해 이리저리 날고 있는 날개 젖은 나비였다.

좋은 국어교사를 양성시키는 딱딱한 학과 공부와는 거리가 멀어졌다. 하지만 대학 4년 동안 나는 신춘문예 당선으로 등단을 한다는 한 가지 목표를 세웠다. 강의시간엔 늘 뒷자리에 앉아 시집을 읽었다. 시험기간에도 공부보다는 시를 썼다. 늘 최하위권의 성적을 면치 못했지만 읽을 시집이 있다는 것이 무엇보다 행복했다.

대학시절 내내 하루도 시집을 읽지 않은 날이 없었고 시를 생각하거나 쓰지 않은 날은 없었다. 그런데 시는 사람을 뜨겁게 만드는 우리시대의 약이었다. 시를 읽을수록 캄캄한 현실에 분노하게 되었고 시를 쓸수록 나는 더욱 뜨거워져 갔다.

시대도 점점 뜨거워졌다. 박정희 대통령이 저격당하고

부마항쟁과 광주항쟁 일어나고 계엄령이 내리고 계엄군이 군홧발로 학생들을 짓밟는 그 시간을 아프게 체험하며 나의 시도 뜨거워져갔다.

한국문학사는 1980년대를 '시의 시대'라고 정의하기도 한다. 그건 그 시대가 만든 저항의 문학사였다. 시는 그 시대에 저항하는 뜨거운 목소리였다. 시는 탄알을 장전한 무기를 든 계엄군을 향해, 박정희 독재정권을 무력으로 승계한 피의 군사정권을 향해 내가 들 수 있는 저항의 무기였다.

나도 서슴없이 그 무기를 들었다. 나의 시가 총알이 되어 군사정권의 심장부에 박히길 나는 희망했다. 나는 시를 쓰는 혁명가를 꿈꾸었다. 혁명! 그 얼마나 가슴 뛰는 말이었던지 육신이 산산이 부서지더라도 조국의 혁명가로 남고 싶었다.

그러나 내가 할 수 있는 일은 가슴을 뛰게 하는 뜨거운 시를 쓰는 일뿐이었다. 시로써 질곡의 역사와 싸우는 혁명에 복무한다고 생각했다. 시를 썼기에 붉은 벽보를 썼고 구호를 외쳤고 저항의 노래를 불렀다. 시를 쓰는 대학생이었기에 시위대 제일 앞에 섰다. 그건 역사 앞에서 내가 몸으로 쓴 시였다.

최루탄 속에서도 경찰의 수배를 받으면서도 나는 시를 썼다. 중고등학교 문학 지망생들의 요람이었던 〈학원〉의 시대가 막을 내리고 전국의 대학생들을 대상으로 한 문예작품 현상공모전이 생겼고 그 공모전에서도 나는 여러 상을 받았다.

1980년대 초반 무렵 대학가에는 '대학문단'이라는 것이 있었다. 대학문단을 거친 뛰어난 신인들이 속속 문단으로 진입했다. 대학문단에서 이름을 익힌 임철우, 하재봉, 안재찬(류시화), 김정숙(김형경), 백학기, 윤성근, 안도현 등이 신춘문예나 문예지 신인상을 통해 등단할 때까지 나는 여전히 대학생에 야학교사였고 최루탄 속이 아니면 경찰에 쫓기고 있었다.

나의 대학시절도 요란하였다. 학보사 기자와 총학생회 간부, 서클연합회장과 학원자율화 추진위원을 맡는 동안 제적과 재입학, 무기정학 3개월과 수배의 기록을 남겼다.

1984년 10월, 대학 4학년이었던 나는 그땐 무크지였던 〈실천문학〉(통권5호)을 통해 시인이 되었다. 붉은 표지의 〈실천문학〉은 나에게 신춘문예보다 매력적인 문학지였다. 대학을 다닌 7년 동안 야학교사로 일하며 내가 느낀 것들을

〈야학일기〉란 연작시로 써 실천문학 신인작품모집에 투고했는데 7편의 시가 당선되었다는 통보를 받았다.

나는 대학시절이 그렇게 끝이 난다고 생각했다. 신춘문예 당선으로 등단하겠다는 꿈을 가졌지만 그때까지 나는 신춘문예 시 부문에는 한 번도 투고해보지 못했다. 작품을 차분하게 정리할 시간도 없었고 자신도 없었다. 〈실천문학〉이라는 선망하는 잡지를 통해 시인이 된 것도 좋았다. 그건 또 우리 대학이 생긴 이래 내가 재학중 등단 시인 1호를 기록한 하나의 사건이기도 했었다.

하지만 시대는 내 편이 아니었지만 운명은 내 편이었다. 졸업준비를 하던 중 11월 3일 학생의 날 시위가 격렬해졌고 나는 다시 경찰의 수배를 받았다. 나는 몽돌해변을 가진 경남 거제 학동이란 바닷가에서 숨어 지냈다.

그때 내 가방에는 나와 함께 도망 온 운명 같은, 한 권의 책이 있었다. 소설가 문순태의 《유배지》라는 책이었다. 정약용, 허균, 조광조, 김정희 등이 유배 간 유배지에 대한 르포를 묶은 책이었다. 학동바다에 숨어 그 책을 읽으며 그들의 유배지에 불투명했던 나의 현재와 불확실한 내일을 이입시켜 보았다.

내 은신처로 연락이 되었던 후배가 신춘문예 사고들을 보내왔다. 11월이면 늘 신문사의 신춘문예 사고를 올리던 나를 기억했던 후배의 정성이었다. 아, 그 유배지에서 신춘문예라니. 나는 엎드려 시를 썼고 그 시로 〈한국일보〉 신춘문예에 당선이 되었다. 불과 2달 사이에 2번의 등단 문을 열고 나갔다.

　　〈실천문학〉에 이어 〈한국일보〉 1985년 1월 1일자에 실린 〈유배지에서 보내는 정약용의 편지〉란 시가 당선되어 내가 나에게 한 약속을 지킬 수 있었다. 대학을 졸업하기 전에 나는 신춘문예 시인이 된 것이 자랑스러웠다. 그건 책이 만들어준 내 운명과의 약속을 지킨 것이었다.

　　신춘문예는 문학의 완성이 아니라 출발이다. 그러나 그 출발선에 서는 데도 경쟁이 치열했다. 나는 누구에게도 시를 배우지 않았다. 나에게 시를 가르쳐 준 것은 역사였고 그 시대였고 시인들의 시집이었다. 그리고 펜혹이 박히도록 습작시대를 지나온 나의 손이었다.

　　나는 초등학교 5학년 때부터 가졌던 꿈의 문을 내 스스로 열고 책읽기와 글쓰기를 통해 시인이 되었다. 대학에서 겪었던 길고 긴 혼돈의 문을 닫고 나는 다시 꿈의 문을 열고 들어섰다. 글을 읽고 쓴다는 것이 내 업이었다.

어디선가 바람이 불어왔다. 바람이 불어오는 곳을 알 수 없었지만 피할 수 없는 또 다른 운명 앞에 나는 부르르 떨리는 몸을 감출 수 없었다.

여기 한 권의 책이 있다
덮여 잠자는 책이 아니라
펼쳐져 깨어있는 책이 있다
이미 완성된 책이 아니라
이 순간에도 씌어지는 책이 있다
하여 이 책에는 마침표가 없다
이 책에는 마지막 장이 없다
처음은 있으나 끝은 없는 책
끝은 없으나 내일이 있는 책
아침이 찾아오는 이상
영원히 살아 숨 쉬는 책이 있다
자신의 피를 찍어 기록하는 자만이
이 책에 이름을 남길 수 있으니
손으로 하늘을 가린 자들은

정일근

이 책의 기록자가 될 수 없고
이 책을 읽을 수도 없다
뜨거운 손을 가진 사람이 기록하는 책
뜨거운 눈을 가진 사람이 읽는 책
한 장 한 장 읽어갈 때마다
피가 되고 심장이 되는 책
사랑이 되고 낭만이 되는 책
지성이 되고 사상이 되는 책
그리하여 사람을 만드는 책이 있다
그 책이 어디에 있는지 묻는다면
나는 자랑스럽게 답할 수 있으니
지금 그대들 손에 그 책이 있다

─ 정일근 〈책〉 전문

　1998년 5월 나는 요란하게 쓰러졌다. 시인이 되고 대학을 졸업하고 나는 쉬지 않고 달려갔다. 중학교 교사에서 신문사 기자로 달려갔고 나를 유혹하는 속도 가속도를 따라 달려갔다. 나는 세상에 많은 것에 대해 관심이 많았다. 세상은 빠르게 변해 가는 것이었기에 나는 뒤돌아볼 시간이 없었다.

나는 달리는, 멈출 수 없는 오토바이 위에 앉은 인생이었다. 나의 20대, 30대가 수박 겉핥기식의 책읽기처럼 달려갔다. 그건 읽기만 할 뿐 황소의 되새김질 같은 사유가 없는 것이었다. 목차도 보지 않은 채 제목만 읽고 던져버리는 책 같은 인생이었다.

그때는 몰랐다. 달려가야 하는 것이 삶이고 존재의 이유로만 알았다. 그러나 생을 액셀러레이터로 밟는 가속도는 결코 결승점이나 도착지가 없는 무모한 레이스라는 것을 1998년, 내가 마흔이 되기 전까지는 어리석어 몰랐다. 마흔, 그건 내 운명의 분수령이었다.

내게 불혹의 시작은 최악이었다. 갑자기 쓰러져 병원에 실려 갔다. 의사는 뇌종양이란 진단을 내렸고 최악의 경우 2개월 정도밖에 살 수 없다고 했다. 내 시간이 2개월밖에 남지 않았다는 진단을 받았을 때, 그때서야 나는 달리는 것만이 삶이 아니라는 것을 알았다. 달려가면 갈수록 내가 도착하려는 인생의 결승점에 가까워지는 것이 아니라 점점 더 멀어진다는 것을 알았다.

깨달음이란 급정거를 할 때 찾아오는 것이었다. 뇌종양

이란, 요란한 급정거를 했을 때 나는 내가 가진 많은 것을 잃어버렸다. 마흔에 나는 돌멩이가 날아온 유리창처럼 와장창 박살이 나고 말았다. 달려온 시간이 후회스러웠지만 후회하기엔 너무 늦었다.

하지만 운명은 다시 한 번 나에게 기회를 주기로 한 모양이었다. 두 차례의 뇌수술과 1년이 넘는 투병을 통해 나는 목숨을 건졌다. 목숨을 건졌지만 나는 모든 것을 잃어버렸다.

다시 텅텅 빈 주머니를 가졌을 때 나는 내 주머니에 마지막까지 나를 버리지 않고 기다려준 것이 책이고 시라는 것을 알았다. 아아, 빈 주머니에서 책을 만나고 시를 만났을 때 손으로 전해져오던 그 따스함을 잊지 못한다.

그 이후 나는 울산시 울주군 웅촌면 은현리란 아름다운 이름을 가진 시골마을에서 살고 있다. 다시 책의 시간으로 돌아가기 위해 나는 도시와 아파트와 시멘트와 수돗물을 미련없이 버렸다.

은현리에서의 삶이 8년이 지났지만 나는 여전히 국외자다. 한 평 묵정밭도 가지지 않고 있는 나를, 은현리가 은현리 사람으로 인정하지 않고 있을지도 모른다. 그래도 나는 은현리에 산다는 것이 평화롭고 자랑스럽다.

그건 은현리는 내가 새로 읽기 시작한 책이기 때문이다. 그 책에는 자연이 있다. 내가 빠르게 달려오느라 읽지 못한 꽃의 시가 있고 바람의 소설이 있다. 나는 그 모든 책의 첫 페이지부터 다시 연필로 밑줄을 그으며 읽었다. 때로는 또박또박 필사를 하며 읽었다. 다시 손가락에 펜혹이 생기기 시작했다.

어느 해였다. 은현리 들판으로 가을이 오고 있었다. 한 치 앞을 내다볼 수 없는 안개가 은현리를 덮었다. 지독한 안개였다. 들판으로 산책을 나갔다가 안개 속에 갇히고 말았다. 은현리도, 은현리로 이어지는 모든 길들이 안개 속에서 행방불명이 되고 말았다.

그건 자연의 비밀스러운 의식이었다. 사람이 보지 못하도록 안개의 막을 내려놓고 여름과 가을이 자리를 바꿔 앉고 있었다. 나는 그 안개 속에서 여름이 떠나는 눈물의 냄새를 맡았고 가을이 돌아오는 발자국 소리를 들었다.

그 비밀스러운 의식에 마을의 그 많은 개 한 마리도 짖지 않았다. 숲에 깃든 새들도 기척을 내지 않았다. 그때 나는 밀교의 경전을 읽듯이 은현리 밤안개를 읽고 있었다. 그것은 내가 한 번도 보지 못했고 읽지 못한 책이었다. 시간이 한 페이지 한 페이지를 넘기는데 숨이 막히는 것 같았다. 그랬다. 은현리는 내가 다시 읽어야할 운명의 책이었다.

은현리란, 내가 늘 읽는 책에 대해 좀더 이야기 해야겠다. 은현리는 울산이라는 거대한 공업도시에 있는 시골마을이지만, 은현리란 책제목처럼 아름다운 마을이다. 내게 은현리가 아름다운 이유는 자연이 살아있고 그 자연 속에 사람이 살고 있기 때문이다.

앞으로는 넓은 벌판이 펼쳐져 있고 뒤로는 산이 솟아있다. 그 산이 정족산(일명 솥발산)이다. 정족산에는 산지 늪으로 알려진, 환경보호지구인 무제치늪이 있다. 그 덕분에 은현리 사람들과 꽃과 나무, 개와 도둑고양이 할 것 없이 6,000년 전에 만들어졌다는 무제치늪이 걸러서 내려주는 깨끗한 산물을 받아먹고 살고 있다.

나는 은현리에 와서 수돗물 시대를 청산할 수 있었다. 자연 속에 흐르는 물을 받아먹고 살았던 사람의 옛날로 돌아왔다. 좋은 책인 《오래된 미래》의 저자인 헬레나 노르베리 호지가 히말라야 라다크에서 찾았던 그 오래된 미래를 나는 은현리에서 찾았다.

물이 바뀌면서 나도 변하기 시작했다. 사람 몸의 70%

가 물이다. 사람 몸을 구성하는 물이 바뀌면 사람도 변하는 모양이었다. 나는 마당에 나무도 심고 꽃밭도 만들고 텃밭도 가꾸며 개도 키웠다. 삶이 재미있는 책처럼 재미있어지기 시작했다.

사람이 만드는 책도 위대하지만 자연이 만드는 책도 위대한 책이다. 그 책 또한 인생의 필독서다. 이 땅의 서정시인을 자처했지만 나는 자연의 이름을 몰랐다. 자연의 책을 읽지 않고 살았다. 그런 후회가 나를 자연주의자로 만들었다. 자연이란 책이 나를 다시 변화시켰다.

책을 읽는 것은 책을 쓰는 일이기도 하다. 은현리 사람이 되고나서 나는 4권의 신작 시집을 비롯해 10권이 넘는 여러 장르의 책을 썼다. 그 책들은 은현리라는 자연의 책을 읽지 않았다면 쓰지 못할 책이었다.

나는 운명을 믿는다. 어머니가 사주신 안데르센 동화전집에서 시작된 책과의 인연이 내 운명을 바꾸었다고 믿는다. 또한 미래에 만날 책이 나의 미래를 바꿀 것이라고도 믿는다. 책이 운명을 만든다. 책이 만드는 운명의 길을 따라 나는 지금도 책 속으로 걸어가고 있다.

정일근

정
호
승

1950년 대구에서 태어나 경희대학교 국문과와 동 대학원을 졸업했다.
1972년 〈한국일보〉 신춘문예에 동시, 1973년 〈대한일보〉 신춘문예에 시,
1982년 〈조선일보〉 신춘문예에 단편소설이 당선되었다.

시집 〈슬픔이 기쁨에게〉, 〈서울의 예수〉, 〈새벽편지〉, 〈별들은 따뜻하다〉,
〈사랑하다가 죽어버려라〉, 〈외로우니까 사람이다〉, 〈눈물이 나면 기차를 타라〉,
〈이 짧은 시간 동안〉, 〈포옹〉, 시선집 〈흔들리지 않는 갈대〉, 〈내가 사랑하는
사람〉, 〈너를 사랑해서 미안하다〉, 산문집 〈정호승의 위안〉, 〈내 인생에 힘이
되어준 한마디〉, 어른을 위한 동화집 〈항아리〉, 〈연인〉, 〈모닥불〉, 〈비목어〉, 어른을
위한 동시집 〈풀잎에도 상처가 있다〉 등이 있다. 소월시문학상, 정지용문학상,
동서문학상, 편운문학상, 가톨릭문학상, 상화시문학상 등을 수상했다.

책은
내 영혼의
모유__

나는 분노보다 상처 때문에 시를 쓴다. 기쁨보다 슬픔 때문에, 햇빛보다는 그늘 때문에 시를 쓴다. 모든 색채가 빛의 고통이듯이 나의 시 또한 나의 고통일 뿐이다. 산다는 일이 무엇을 이루는 일이 아니듯, 시 또한 무엇을 이루는 것은 아니다. 나는 시로써 현실적인 무엇을 이룰 생각은 없다. 시는 이미 돈도 명예도 사랑도 아니다. 내가 죽어갈 때까지 내 상처를 치유해주는 어머니의 따스한 손길 같은 것일 뿐이다. 그래서 때로는 흙탕물이 질퍽한 연못에 떠 있는 아름다운 수련과 같은 시를 쓰고 싶다. 수련은 더러운 오물들이 떠다니고 온갖 쓰레기들이 가라앉아 있는 진흙 속에 깊이 뿌리를 박고, 자신을 멋진 꽃으로 만들어줄 요소들만을 뽑아 올려 백색과 홍색의 꽃을 피운다. 주위의 열악한 환경에 아랑곳없는, 그 어떠한 악조건 속에서도 자신을 꽃으로 만들어줄 요소들만 뽑아 올리는 수련의 뿌리와 같은 마음으로 내 상처를 어루만져 줄 시를 쓰고 싶을 뿐이다.

문득 시를 쓰기 시작한 학창시절을 돌이켜볼 때가 있다. 그리고 그때 시가 무엇인지 알아서 쓴 것일까 하고 생각해볼 때가 있다. 그럴 때마다 그저 빙긋 웃음만 나온다. 시가 무엇인지 아무것도 모르고 썼다는 생각 때문이다. 그렇다고 내가 지금 시를 안다는 뜻은 아니다. 시를 모르기는 그때나 지금이나 마찬가지다. 신춘문예를 통해 문단의 말석에 얼굴을 내민 지 35년이 된 지금까지도 나는 시를 모른다. '모른다'는 것이 나의 솔직한 고백이다. 이것은 겸손이 아니다. 때로는 내가 시를 버리기도 하고, 때로는 시가 나를 버리기도 하면서 어쨌든 35년이란 길다면 긴 세월이 지났음에도 불구하고 시를 생각하면 그저 막막하다. 빈 들판에 아니, 언젠가 가본 사막 한복판에 홀로 버려진 듯하다. 사막의 모래에 얇은 담요를 깔고 잠을 청하면 머리맡에 배고픈 사막여우라도 찾아오지만 내가 버려진 시의 사막에는 사막여우 한 마리 찾아오지 않는다.

시는 이렇게 아무도 찾아오지 않는 그 무엇이다. 그 무엇을 붙들고 수많은 시인들이 시를 쓴다. 때로는 끼리끼리 모여 친소관계에 의해 어느 시가 좋은 시고 누구 시가 나쁜 시고 어느 시가 잘 쓴 시고 누구 시가 못쓴 시라고 부러워하거나 키득키득 손가락질한다. 어떤 때는 시가 명예와 권력과 처세의 도구 같다. 시에도 만들어진 그런 도구의 얼굴이 각인될 때가 있다. 그러나 시는 명예도 아니고 권력도 아니다. 시는 언제나 비어 있는 것이고 침묵으로 이루어지는 것이다. 그런데도 자꾸 뭔가 메우고 채우려고 하니까 시 쓰기가 어려워지고 시가 나를 싫어하는 게 아닌가.

시를 쓸 때 '잘 써야지' 하는 생각은 되도록 하지 말아야한다. 오히려 그런 생각이 시를 망칠 때가 많다. 더구나 잘살지도 못하면서도 시만 잘 쓸 생각을 하면 그건 잘못이다. 지금 현재 잘 살지 못하는 대로 시도 지금 현재 잘 쓰지 못하는 대로 그냥 둬야 한다. 그래야 시와 나와의 관계가 편안해지고 평화로워진다.

그동안 나는 시에게 감사할 일이 너무 많다. 무엇보다도 시가 나를 이 세상을 긍정적인 태도를 지니고 살아가게 해주었다는 것이다. 이 세상에 인간으로 태어난 이상 그래도 가치 있는 삶을 살아야 하는데 시가 그러한 길로 인도해주었다는 것이다. 비록 가치 있는 일이 눈에 보이지 않고 손에 잡히지 않는다 하더라도 그 지향점을 제시해 주었다는 점에서 시는 내게 너무나 감사한 존재다. 그리고 그 무엇보다도 나를 찾는 일, 나 자신이 참으로 소중한 존재라는 사실을 깨달을 수 있도록 도와준 일은 너무나 고마운 일이다. 시는 내게 이렇게 나를 찾아갈 수 있는 길을 찾는 하나의 길일뿐이다.

    그리고 결코 간과할 수 없는 것은 시가 늘 어머니처럼 나를 위로해주고 위안해주었다는 것이다. 힘이 들 때 어머니에게 전화를 걸면 늙은 어머니의 음성을 듣는 것만으로도 마냥 눈물이 나고 미소가 돌고 힘이 솟을 때가 있다. '아, 내게 어머니가 계시는구나' 하고 마치 어릴 때 엄마 품에 안겨 한없이 아늑함을 느꼈을 때와 같은 느낌을 시에서 받을 때가 있다. 시는 내게 그런 존재다. 언젠가 어느 독자가 내게 물었다. 자기는 내 시를 읽고 위안을 받은 적이 있는데, 시를 쓰는 사람도 자기가 쓰는 시에서 위안을 받느냐고. 나는 조금도 주저하지 않고 "그럼요, 받지요" 하고 대답했다.

    그렇다. 내가 시를 쓰게 된 것은 어머니의 힘이 크다. 나는 시의 첫 마음을 어머니한테서 배웠다. 아마 고등학교 1학년 때였을 것이다. 우연히 부뚜막에 놓여 있는 어머니의 손때 묻은 작은 가계부용 수첩을 뒤적거려보다가 거기에 어머니가 쓴 시가 있는 것을 보고 놀란 적이 있다.

    가네 가네 한 여인이 풍랑 속을 가네
    비바람 세파 속을 헤치며 가네
    기우뚱기우뚱 풍랑은 쳐도

158
정호승

그 여인 어머니 될 때 바람 잦으리

어머니는 이와 같은 소월의 민요조 같은 시를 뭉텅한 연필글씨로 수십 편이나 써놓고 있었다. 콩나물 얼마, 꽁치 몇 마리 얼마 하고 써놓은 가계부를 시작노트 삼아 남몰래 써놓은 어머니의 시들은 어린 아들의 가슴을 파르르 떨게 했다.

당시 우리 집은 몹시 가난할 때였다. 살고 있던 본채를 다른 사람에게 세주고 우리는 닭장이 있던 곳에 슬레이트집을 지어 나왔다. 은행원이었던 아버지가 퇴직금으로 여러 가지 사업을 하다가 실패하는 바람에 갑자기 가계에 빚이 늘어 궁여지책이었던 것이다. 연탄아궁이가 있는 곳에다 임시방편으로 만들어놓은 부엌으로 늘 어머니가 허리 굽혀 드나들던 일은 지금도 기억에 선명하다.

안방에 딸린 제대로 된 부엌을 사용하다가 그것을 남에게 세주고 그 옆에 옹색하게 간이로 만든 부엌을 사용하게 된 어머니의 심정은 어떠했을까. 어머니는 가난한 생활의 고통을 시를 통하여 이겨내고자 하셨다. 하루하루 살아가기가 죽기보다 더 힘들어 남몰래 시에 의지하고 계셨던 것이다.

당시 생활비 마련은 전적으로 어머니 몫이었다. 어머니

는 일수를 얻어서라도 우리 형제들의 등록금을 마련해주셨다. 일수란 목돈을 빌려 쓰고 매일 얼마씩 고리의 이자를 붙여 푼돈으로 갚아나가는 것을 말하는데, 그때 우리 집을 찾아오던 뚱뚱한 일수쟁이 영감님의 사람을 깔보는 듯한 무표정한 모습을 나는 아직 잊지 못한다. 오죽하면 내가 어느 시에서 보름달을 일컬어 '일수쟁이 얼굴같이 살찐 달'이라고 표현했을까. 어머니는 그 영감님만 대문으로 들어서면 안절부절못했다. 줄 돈은 없는데 매일 사람이 돈 받으러 찾아오니 하루 이틀도 아니고 그 일을 어떻게 다 견디셨을까.

어머니는 당신이 쓰신 시를 내게 보여주신 적은 없다. 시를 쓴다는 말도 한 번 한 적이 없다. 그저 시를 쓰는 나를 말없이 지켜보기만 했다. 당신 자신이 직접 시를 씀으로써 아들의 마음을 어루만져준 것이다.

시가 무엇이고 왜 써야 하는지도 모르고 그저 여기저기 백일장이나 문예현상모집에 입상되는 재미로 시에 대한 호기심만 잔뜩 지니고 있던 나는 그때부터 시에 대하여 진지한 태도를 지니게 되었다. 그리고 그때 비로소 장차 시인이 되고 싶다는 생각을 하게 되었으며, 그 생각은 그 후 어머니보다 더 열심히 시를 쓰게 만들었다.

정호승

어머니의 시는 가난의 고통을 이겨내고자 하는 의지의 시이자, 절망으로부터 구원받고자 하는 갈망의 시들이었다. 지금 내가 쓰는 시들도 어쩌면 어머니의 시와 같은 것인지도 모른다. 시는 내 삶의 고통을 극복하는 하나의 방편이다. 나의 시 속에는 예전에 어머니가 그랬던 것처럼 고통을 견디고 이겨내는 오솔길이 있다.

불행히도 지금 어머니의 시작노트(나에겐 가장 소중한 나만의 책이다)는 남아 있지 않다. 어머니는 그게 어떻게 되었는지 통 기억에 없다. 빚잔치를 하고 서울로 올라올 때 없어졌을 것이란 말만 하신다. 그러나 내 마음속에 부뚜막에 있던 어머니의 시작노트라는 책은 그대로 생생하게 살아 있다.

내가 책을 가까이 하게 된 것은 이렇게 어머니의 영향도 크지만 아버지의 영향 또한 크다. 당시 가난한 집안에서는 누구나 다 마찬가지였겠지만 집에 읽을 책이 거의 없었다. 나는 1960년 전후에 초등학교를 다녔는데, 당시 우리나라가 북한보다 가난할 때여서 그랬는지는 잘 모르지만 그때는 어린이들이 읽을 책이 아주 드물었다. 내 기억으로는 초등학교 때 학교에서 배우는 각 과목의 교과서가 바로 재미있는 책이었다. 국어와 사회생활 교과서를 재미있게 읽었던 기억이 난다. 교과서보다 조금 더 재미있었던 책으로는 여름방학과 겨울방학 때 숙제하라고 내어준 방학책과 《라이파이》《엄마 찾아 삼만리》 등의 만화책이었고, 중학생이 되어 제대로 된 독서를 하게 되었다. 학원사에서 청소년용으로 발간한 다이제스트 세계명작, 쥘 베른의 《해저 2만리》 등을 학교 도서관에서 빌려본 것도 그때였으며, 강소천의 《꿈을 찍는 사진관》 마해송의 《떡배 단배》 등의 동화책을 읽은 것도 그때였다. 학교 예배시간에 예배는 안 보고 강소천 동화집을 읽다가 강단 위로 불려나가 남들이 다 보는 앞에 두 손 들고 벌을 선 적도 있었다. 그리고 동네 대본집에서 김래성의 《쌍무지개 뜨는 언덕》, 방인근의 《새벽길》 등을 읽었으며, 부모님 몰래 오늘날의 '빨간책'이나 다름없는 《고금소총》을 빌려와 읽곤 했다.

그러다가 아버지가 중학교 2학년 때 민중서관에서 나온 서른두 권짜리 《한국문학전집》을 사 오신 것이 계기가 되어 독서생활에 큰 변화를 가져오게 되었다. 아버지는 책을 열심히 읽어야 한다는 말씀은 단 한마디도 하지 않으셨다. 다만 책을 사다놓았을 뿐이었다. 나는 그때 박계주의 《순애보》를 읽고 소설 읽는 재미에 푹 빠지게 되었다. 불의의 사고로 시각장애인이 되고 살인죄라는 누명까지 뒤집어쓴 채 사형선고까지 받은 한 남성을 사랑하는 한 여성의 순결한 사랑 이야기가 너무 재미있어 그때부터 한국문학전집을 읽기 시작했다. 더구나 나보다 열 살이나 많은 사촌형들이 책을 빌려가 읽는 것을 보고 나도 질세라 샘을 내 읽곤 했다. 특히 상하 두 권이나 되는 시집을 읽은 것은 내 시 공부의 큰 밑거름이 되었다. 그때 이불을 뒤집어쓰고 얼마나 책을 열심히 엎드려 읽었던지 엄마가 새로 짜주신 스웨터의 팔꿈치가 겨울방학이 끝나자 다 닳아버렸다. 개학이 되어 학교에 가자 칠판의 글씨조차 잘 보이지 않아 결국 그때부터 안경을 쓰게 되었다.

아버지는 또 유일한 청소년 잡지인 〈학원〉을 나를 위해 정기구독해 주셨다. 대학생이 돼 버린 형이나 누나는 이미 그런 잡지를 보지 않을 때였다. 당시 〈학원〉지에서는 매년 '학원문학상'을 통해 중고등학생들의 문학작품을 모집했는데 나는 중학교 2학년 때 〈석의 심정〉이라는 제목의 산문을 써 처음으로 가작에 당선되었다. 그리고 중학교 3학년 때는 시 〈브로우치의 시〉가, 고등학교를 졸업할 때는 시 〈역〉이 최우수상을 받게 되었다.

〈학원〉지에서는 당시 시인 박목월·박두진·박남수 등 저명한 시인 선생님들이 일일이 어린 학생들의 작품을 평해 주셨다. 나는 매달 작품을 투고했는데 다행히 그 선생님들이 매달 내 작품을 뽑아주고 간단한 심사평도 해주셨다. 그때 그 선생님들의 촌철살인 같은 심사평이 내 시 공부의 한 출발점이 되었다. 칭찬을 해주시면 칭찬을 해주시는 대로, 잘못을 지적해주시면 잘못을 지적해주시는 대로 그분들의 말씀은 정말 내게 피가 되고 살이 되었다. 만일 그때 아버지가 〈학원〉을 사 주지 않으셨다면, 나는 그 책에 원고를 보내지 않았을 것이고, 어쩌면 시를 쓰게 된 또 하나의 계기를 잃었을 게 분명하다.

그런 일이 계기가 되어 고등학생이 되어서는 부모님이 주시는 용돈으로 〈현대문학〉 등의 잡지를 헌책방에 가서 사 읽었다. 얼마 안 되는 용돈이었지만 이런저런 데 쓰고 싶은 마음을 꾹 참고 대구 시내 헌책방을 돌며 과월호 〈현대문학〉을 20원이나 30원 주고 사던 기쁨은 아직 잊히지 않는다. 〈현대문학〉은 내 스스로 문학공부를 할 수 있는 놀라운 '참고서'였다.

군에 입대해서도 나는 시 쓰기를 게을리 하지 않았다.

군 생활을 하는 동안 서정주 선생의 시를 찾아 읽을 수 있었던 것은 내게 큰 축복이었다. 누구의 도움이었을까. 나는 군종실에 근무하게 되었고 병장이 되자 내무반 생활에서 벗어나 군인교회에서 혼자 잠을 잘 수 있게 되었다. 차디찬 시멘트 바닥에 매트리스 한 장을 깔고 솜이 삐져나온 이불을 덮고 잠들기 전까지 시를 쓰고 읽는 일에 매달렸다. 당시 7백 원이었던 병장 첫 봉급을 받고 춘천 시내로 나가 산 책이 서정주 시집 《동천(冬天)》이었다. 나는 《동천》을 읽고 또 읽으면서 서정주를 다시 새롭게 만나게 되었다. 우리 시에 있어서의 전통적 정서와 가락을 내 나름대로 발견하고 이해하게 된 것이다.

그래서 《동천》 이전의 작품들도 읽고 싶어 친구에게 서정주 시집을 있는 대로 좀 보내달라고 편지를 보냈다. 친구는 어디서 구했는지 《서정주시선》을 보내주었다. 나는 반드시 돌려준다고 약속을 했기 때문에 우선 그 시집과 비슷한 크기의 노트 한 권을 사서 시집 전체를 베끼기 시작했다. 군대 내무반에서 고참들 눈치를 봐가며 만년필로 또박또박 정자로 한자도 빼놓지 않고 정성껏 베껴 썼다. 심지어 판권까지도 썼다. 판권의 조판 모양까지도 흉내 내어 그대로 정리했다(지금도 나는 그때 필사한 《서정주시선》을 지니고 있다. 군인교회의 시멘트 바닥에서 잠 안 자고 베낀 서정주 시집은 지금도 내 책꽂이에 꽂혀 나를 지켜보고 있다. 내 손으로 내가 직접 쓴 세상에 단 한 권밖에 없는 시집이므로 여간 애지중지하는 게 아니다).

그 때문이었을까. 1972년 겨울에 나는 군대에서 시 〈첨성대〉를 써서 이듬해 〈대한일보〉 신춘문예에 당선되었다.

할머니 눈물로 첨성대가 되었다
일평생 꺼내보던 손거울 깨뜨리고
소나기 오듯 흘리신 할머니 눈물로
밤이면 나는 홀로 첨성대가 되었다

한 단 한 단 눈물의 화강암이 되었다
할아버지 대피리 밤새 불던 그믐밤
첨성대 꼭 껴안고 눈을 감은 할머니
수놓던 첨성대의 등잔불이 되었다
(중략)

— 정호승 〈첨성대〉 중

시 〈첨성대〉에는 우리의 전통적 운율과 가락이 배어 있다. 그것은 서정주 시인의 시집을 정성들여 베끼면서 한국적 정서의 기저에 깔려 있는 음악성을 발견한 탓이라고 할 수 있다. 우리 시에 있어서의 전통적 정서와 가락을 그때 내 나름대로 이해하게 된 것이 지금까지 시를 공부하는 데에 있어서 큰 밑거름이 되었음을 부인할 수 없다.

나는 서정주를 읽기 전에는 실은 김수영에게 경도돼 있었다. 당시 김수영은 나 같이 어린 시인 지망생에게는 선망의 대상이었다. 한국문단에 순수와 참여의 논쟁이 시작된 1968년 무렵, 나는 참여의 입장에서 시를 이해하려고 노력했다. 문학은 인간의 현실적 삶을 위한 것이고, 마땅히 시대와 역사의 음영이 반영되어야 한다고 생각했다. 그런 생각은 내가 문단에 등단하던 해가 '한국적 민주주의'를 내세우며 유신정치가 서슬 퍼렇게 설쳐대기 시작하던 해였기 때문이기도 하다.

나는 참다운 서정시를 쓰고 싶었으나 내가 살고 있는 삶의 현실은 그렇지 않았다. 여기저기에서 유신반대 데모가 일어나고 많은 이들이 긴급조치에 걸려 감옥으로 끌려갔다. 시인이라면 아니, 시인이 아니라 하더라도 당연히 시대의 아픔에 눈을 돌리지 않을 수 없는 현실이었다. 그러나 그러한 시대의 고통을 시로 노래하기는 힘들었다. 가장 노래하고 싶은 것은 언제나 은유와 암유 속에 철저히 숨겨 놓아야만 했다. 나는 그저 가슴만 답답했다. 암담한 우리의 정치현실과 민중들의 삶을 노래하고 싶었으나 어떻게 해야 할지 알 수 없었다. 그때 김수영의 시는 하나의 길라잡이가 되었다.

눈은 살아 있다
떨어진 눈은 살아 있다
마당 위에 떨어진 눈은 살아 있다

기침을 하자
젊은 시인이여 기침을 하자
눈 위에 대고 기침을 하자
눈더러 보라고 마음 놓고 마음 놓고
기침을 하자

눈은 살아 있다

죽음을 잊어버린 영혼과 육체를 위하여
눈은 새벽이 지나도록 살아 있다

기침을 하자
젊은 시인이여 기침을 하자
눈을 바라보며
밤새도록 고인 가슴의 가래라도
마음껏 뱉자

　　　　　　　　　　　—김수영 〈눈〉 전문

　그때 나는 이 시를 늘 가슴에 품고 다녔다. 무엇보다도
이 시의 마지막 구절 '젊은 시인이여 기침을 하자 / 눈을 바
라보며 / 밤새도록 고인 가슴의 가래라도 / 마음껏 뱉자'고
한 구절을 늘 읊조리고 다녔다. 죽지 않고 살아 있는 흰 눈
과, 그 눈 위에 대고 마음 놓고 기침을 하는 나 자신을 생각
했다.
　이 시는 내게 용기를 주었다. 젊은 시인이 해야 할 시적
사명이 무엇인지, 나아가 한 시대의 젊은이들이 무엇을 생
각하고 무엇 때문에 피와 눈물을 흘려야 하는지 가르쳐주었

다. 그리고 이 시는 내게 시대와 역사와 이웃의 고통을 제대로 바라보고 제대로 인식해서 시로 노래할 수 있는 계기를 만들어주었다. 내가 지금도 인간의 고통스러운 현실을 인식하고 삶의 비극성에서 시를 발견하고 발화시킨다고 생각하는 것은 김수영의 시에서 인간의 고통스러운 현실을 인식하고 감지하는 뜨거운 가슴을 배웠기 때문이라고 할 수 있다.

그러나 나는 김수영에게 지나치게 경도돼 있었으므로 서정주를 읽고 나서 비로소 시에 대한 이해의 균형감각이 잡혔다고 할 수 있다. 지금 내 시에 노랫가락이 숨어 있다면 서정주의 시에서 한 많은 민중들이 흘리는 눈물의 노랫가락을 배웠기 때문이다.

내겐 김수영과 서정주 외에도 결코 빼놓을 수 없는 한 분의 시인이 있다. '절대고독'을 노래한 김현승 시인! 그분에게 매료된 나는 막 병장 계급장을 달았을 때 몇 편의 시를 숭전대학교(현 숭실대학교)에 재직중이시던 김현승 선생님께 우편으로 보냈다. 그러자 곧 언제 휴가 한 번 나오면 찾아오라는 말씀이 담긴 답장이 왔다(지금 생각해보면 일개 군인에게 선생님께서 그런 내용의 답장을 보낸다는 것은 그리 쉬운 일이 아니었을 것이다. 난 그때 그걸 몰랐다).

나는 선생님의 편지를 내내 가슴에 품고 있다가 마지막 정기휴가를 나가 학교로 선생님을 찾아갔다. 선생님은 교수연구실 다탁(茶卓) 위에 놓인 고독한 난 화분 같은 모습으로 나를 맞이해주셨다. 커피 애호가이신 선생님의 방엔 은은하고 구수한 커피향이 시향(詩香)처럼 번져 나왔다. 나는 선생님께서 손수 끓여주시는 커피를 들면서, 또 열심히 시를 써보라는 격려의 말씀을 들으면서 다탁 위에 놓인 선생의 새 시집《절대고독》에 눈길을 주었다. 그리고 그날 선생님의 방을 나와 곧바로《절대고독》을 구해 읽고 또 읽었다. 그러면서 언제부터인가 내 가슴에 선생님의 시가 자리 잡고 있음을 느끼게 되었다.

김현승 선생님의 시에는 맑고 순결한 인간의 마음과 절대자에 대한 지고지순한 사랑이 있었다. 고독한 인간의 삶에 대한 사색의 결정체가 보석처럼 빛났다. 그러나 나로서는 선생님이 노래하는 '절대고독'의 세계를 이해하기는 어려웠다. 언젠가 책 정리를 하다가《절대고독》을 다시 펼쳐들었다. 책갈피에서 '다형(茶兄) 김현승 시문학사상발표회'라는 글씨가 쓰인 인쇄물 한 장이 나왔다. 그것은 1973년 5월 25일자로 인쇄된 것으로, 그날 선생님은 병상에서 회복된

뒤 숭전대 강당에서 강연을 하셨다. 강연에서 선생님은 당신이 추구하는 고독의 영역을 '인간도 아니고 신도 아닌 제 3의 영역'이라고 말씀하셨다.

나는 지금도 그 고독의 영역을 모른다. 그러나 인간이 절대고독한 존재라는 사실을, '외로우니까 사람'이라는 사실은 어느 정도 알 것 같다. 그것은 '내 고독에 돌을 던져본다'고 노래한 김현승 선생님이 내게 끼친 영향이 큰 탓이다.

그리고 결코 빠뜨릴 수 없는 또 한 사람의 시인을 들라면 윤동주다. 나는 1989년 여름, 중국 용정중학교 역사박물관 벽에 걸린 대형 초상화 속에서 불현듯 윤동주를 만났다. 용정중학교 미술교사 한극남 씨가 그렸다는 그 그림 속에는 청년 윤동주가 후쿠오카 감옥의 쇠창살을 쇠사슬에 묶인 두 손으로 힘 있게 부여잡고 한없이 창살 밖을 응시하는 모습이었다. 나는 그 초상화를 보는 순간 가슴이 뭉클했다. 물끄러미 나를 쳐다보고 있는 듯한 윤동주의 고통에 찬, 한없이 맑고 슬픈 눈빛에 걸음조차 옮기기 힘들었다.

윤동주의 무덤 앞에서도 떨리는 가슴을 억누르기 힘들었다. 윤동주는 키 작은 소나무들이 듬성듬성 자란, 용정 시가지가 한눈에 다 내려다보이는 동산기독교묘지에 누워 있었다. 40여 년 동안 아무도 찾는 이 없는 공동묘지의 잡초더미 속에 누워 윤동주는 아무 말이 없었다. 대리석 제상 위에서 한가롭게 뛰노는 송장메뚜기 한 마리가 윤동주의 현신인가 싶어 먹먹해지는 가슴을 억누르며 내가 시인이라는 사실에 대해 비로소 감사하는 마음이 들었다. 윤동주가 시인이 아니라면, 윤동주의 삶에 시가 없었다면 그의 삶은 분명 감동 없는 삶이었을 게 아닌가.

나는 용정에서 돌아와 정음사판 윤동주 시집 《하늘과 바람과 별과 시》를 다시 꺼내들었다. 〈서시〉와 〈별 헤는 밤〉과 〈자화상〉과 〈십자가〉를 몇 번이고 다시 읽었다. 읽을 때마다 윤동주의 순결하고 고통에 찬 숨소리가 들려왔다. '시대처럼 올 아침을 기다리며' '죽는 날까지 한 점 부끄럼 없기를' 바랐던 윤동주의 심장 뛰는 소리가 내 인생을 흔들어놓는 듯했다. 갈수록 시가 어려워지고 난해해지는 시대에 쉬운 일상의 언어로 한 시대의 절망과 희망을 정결한 마음으로 나타낸 윤동주의 시는 시인이라면 어떠한 삶의 자세를 지니고 살아야 하는지 일깨우기엔 충분했다.

책은 나의 부모이자 스승이다. 만일 신께서 내게 다시 20대로 살게 해주신다면 나는 무엇보다도 책을 많이 읽겠다. 지금 이 순간도 무릎을 꿇고 '그 누구보다도 열심히 책을 많이 읽을 테니 다시 20대로 되돌려 달라'고 신께 간절히 기도하고 싶은 심정이다. 나는 지금까지 살아오면서 후회되는 일이 몇 가지 있지만, 그 중에서 가장 후회되는 일은 인생의 황금기인 대학시절에 책을 많이 읽지 않았다는 점이다. 대학을 졸업하고 직장생활을 하게 되면 직장에서 요구하는 직장인이 되려고 피나는 노력을 해야 하기 때문에 책을 읽고 싶어도 책을 읽을 수 있는 시간을 얻기는 힘들다.

사람이 부자가 될 수 있는 길은 여러 갈래의 길이 있지만 결국 마음이 부자가 되는 길밖에 없다. 마음이 부자가 되기 위해서는 20대에 책을 많이 읽어야 한다. 그래야만 부자가 될 수 있는 마음의 그릇을 형성할 수 있다. 불행히도 나는 이런 점을 미처 깨닫지 못해 불행한 20대를 보냈다고 할 수 있다. 지금까지 살아오면서 불행한 일을 많이 겪었지만 20대에 책을 마음껏 읽지 못했다는 사실이 내 인생에 가장 큰 불행이라고 생각된다.

책의 소중함과 독서의 필연성을 강조하는 명언들은 수없이 많다. '책속에 길이 있다' '사람은 책을 만들고 책은 사람을 만든다' '지갑에 돈을 가득 채우는 것보다 방안에 책을 가득 채우는 게 더 낫다' '책이 없는 백만장자가 되기보다 차라리 책과 더불어 살 수 있는 거지가 되는 게 한결 낫다' '나는 한 시간의 독서로 시들어지지 않는 그 어떤 슬픔도 경험하지 못했다' 등 어느 것 하나 한쪽 귀로 듣고 한쪽 귀로 흘릴 말은 아니다.

그 중에서도 내가 가장 잊지 못하는 말은 '책천자(冊賤者)는 부천자(父賤者)'라는 말이다. 책을 천하게 여기는 것은 아버지를 천하게 여기는 것과 같다는 말이다. 이 말은 청계천과 광화문 일대에서 오랫동안 '공씨책방'을 운영하다 작고한 '우리나라 헌책방의 대부' 공진석 선생이 내게 한 말이다. 나이가 들어갈수록 '책을 부모님처럼 귀하게 여기라'는 이 말씀이 시간이 갈수록 잊히지 않는다.

한 권의 책이 주는 기쁨은 부모님이 한없이 나를 사랑해주시는 기쁨과 같다. 사람은 나이가 들어갈수록 책에 더 가까이 다가가야 한다. 그러나 지금의 나를 들여다보면 그렇지 못하다. 그것은 결국 20대 때에 제대로 책을 읽지 못했다는 데에 그 원인이 있다. 그래서 지금도 나의 영혼은 시도 때도 없이 배가 고프고 허기가 진다. 사람이 책을 읽지 않는다는 것은 밥을 먹지 않는 것과 똑같은 일이 아닐 수 없다. 나는 지금이라도 더 이상 배가 고파지지 않기 위해서라도 더 열심히 책을 읽고 깊은 사고의 과정을 통하여 마음의 기쁨과 고요함을 함께 얻고 싶다. 어릴 때 본 영화 〈타임머신〉에서처럼 책이 사라지는 미래가 다가오면 안 되기 때문에. 너무 오래된 일이라 확실치는 않지만 그 영화는 한 소년이 타임머신을 타고 미래로 가서, 미래의 여러 세계를 두루 구경하고 다시 현재의 집으로 돌아오는 내용의 영화로 기억된다.

그런데 그 영화를 통해 본 미래의 장면 중에 지금도 잊히지 않는 장면이 하나 있다. 그것은 어느 집 거실 한쪽 서가에 꽂혀 있던 책들에 대한 장면이다. 타임머신을 타고 간 소년이 서가에 꽂힌 책을 꺼내면 꺼내는 족족 책들이 모두 먼지가 되어 바스러져 버린다. 나중에는 서가가 무너지고 책들이 모두 먼지로 화해버린다. 책은 이미 좀이 슬고 썩어 책의 형태만 유지한 채 그대로 서가에 꽂혀 있었던 것이다.

나는 그때 폭삭 사그라지는 책의 소멸을 보며 몹시 충격을 받았다. "미래엔 책들이 없어지다니! 미래의 사람들은 책이 없어도 행복하게 잘 살 수 있다니!" 하는 충격에서 잠시 동안 헤어나오지 못했다. 나는 처음엔 그 장면이 미래는 책조차 필요 없을 만큼 행복한 세계라는 것을 강조한 것이라고 이해되었다. 미래인들의 행복을 역설적으로 책의 소멸을 통해 나타낸 것이라고도 생각되었다.

실제로 그 영화에 나타난 미래인들은 적어도 겉으로 보기에는 몹시 행복한 모습이었다. 책의 소멸 따위를 걱정하고 안타까워하는 사람은 단 한 사람도 없었다. 나신에 가까운 옷을 입은 채 술을 마시며 서로 껴안고 사랑하고 섹스를 즐기기에 바빴다. 일하지 않아도 얼마든지 먹고 사랑하고 행복하다는 모습들이었다.

그러나 지금 곰곰 생각해보면 그 책의 소멸 장면은 미래의 행복보다는 미래의 불행을 보여주기 위한 것이라고 생각된다. 책조차 버리고 살게 된 미래인들의 불행한 모습, 정신의 괴로움보다는 물질의 편안함을 추구하는 미래인들의 삶의 한 단면을 통해 현대인들에게 책의 소중함을 경각시킨 것이라고 생각된다. 인간은 책과 더불어 살 수밖에 없으며, 책과 더불어 살아가야만 인간다운 삶을 살 수 있다는 것을 강조한 것이 아닐 수 없다.

인간에게 책이 없으면 돈이 없는 것과 같다. 돈이 없으면 배가 고파도 밥을 먹지 못하는 것과 마찬가지로, 책이 없으면 마음의 배가 고파도 그 배고픔을 달랠 길이 없다. 나는 육체의 배고픔을 견디지 못하지만 마음의 배고픔은 더더욱 견딜 수가 없다. 무엇이든지 읽지 않고는 단 하루도 살지 못한다. 때가 되면 밥을 먹어야 하는 것이 인간인 것처럼 때가 되면 책을 읽어야 하는 것이 또한 인간이다.

책은 인간이다. 책에도 운명이 있다. 시대는 급속히 과학화되고 정보화되어 책의 운명에까지 영향을 미치게 되었다. 이제 곧 이 지상에서 종이책이라는 매체의 한 형태가 사라질 것이라는 주장도 대두되고 있고, 또 전자종이와 전자책의 등장으로 그런 조짐도 보인다. 그러나 과연 책이 사라진 세상, 책이 필요 없는 세상이 올 수 있을까. 책을 읽는 인간의 아름다운 모습을 볼 수 없는 날이 올 수 있을까.

단언 그런 날은 오지 않을 것이라고 생각된다. 왜냐하면 그날이 바로 인간의 죽음의 날을 의미하기 때문이다. 책의 죽음은 곧 인간의 죽음이다. 만일 그런 날이 온다면 인간은 영혼을 잃게 될 것이다. 책은 인간의 영혼의 먹이이자 모유이며, 인간 영혼의 한 구체적 모습이다. 인간의 영혼을 찾아볼 수 있는 것 중에서 가장 소중한 것은 책이다. 책을 통해서 인간의 가장 순수한 영혼의 모습을 찾아볼 수 있다.

정호승

가야산에서 열반한 성철스님도 책이라는 모유를 통해서 큰스님이 되었다. 성철스님의 법력이 높고 깊은 것은 일찍부터 책을 소중히 여기고 사랑했기 때문이다. 그는 이미 열 살이 되기 전에 사서삼경 등 모든 경서를 독파했으며, 청소년기엔 서울 총독부 도서관을 찾아가 책읽기에 대한 갈증을 풀었으며, 읽을 책이 다 떨어지자 다시 현해탄을 건너가 일본 중앙도서관과 동경대학 도서관에서 몇 달씩 책에 파묻혔다. 당시 수백마지기의 땅을 팔아 불교 서적만을 사들였던 천석꾼 김병연 씨는 자신이 사 모은 책들을 읽고 이해할 만한 사람을 찾고 있다가 성철스님에게 아낌없이 그 책을 전부 물려주었다. 결국 성철스님이 입산 출가를 결심한 것도 한 권의 책 때문이다. 우연히 노승이 지나다가 그에게 영가대사의 《중도가》 한 권을 주었는데, 그는 그 책을 받아 읽고 심안이 밝아짐을 느껴 '시원한 것이 여기 있구나' 하고 결국 수행자의 길로 들어섰다.

책은 이렇게 한 인간의 일생과 영혼의 모습을 결정짓는다. 인간이라면 그 누구도 책을 통하지 않고서는 아름다워질 수가 없다. 인간은 책을 읽을 때가 참으로 아름답다. 아기에게 젖을 먹이는 인간의 모습이 가장 아름다운 모습이라

면, 책을 읽는 노인의 모습 또한 아름다운 모습이다. 햇살
이 따스한 뜰에 나와 손자가 노는 모습을 지켜보다가 슬그
머니 의자에 앉아 돋보기안경을 끼고 책장을 펼치는 노인의
모습은 그 얼마나 아름다운가.

　나도 가끔 한 권의 책이라는 인간이 되고 싶다. 이른 아
침 창가로 햇살이 스며들 때 책상 위에 놓여 있는 한 권의
책. 시집이면 더 좋겠다. 시집이 되어 사랑하는 여인의 책
상 위에 놓여 봄 햇살을 쬐고 싶다. 나를 넘기는 여인의 손
가락과 눈빛의 향기를 마음껏 맡고 싶다.

최

희

수

1962년 경기도 파주시 금촌에서 출생하여 부평고등학교, 서울대학교 조경학과와
환경대학원을 졸업했다. 10년 동안 출판사를 운영하면서 400여 종의 책을 만들었고
탁구선수 출신인 아내 신영일과의 사이에 지성과 감성이 조화를 이룬 가장 이상적인
영재로 알려진 푸름이와 초록이를 두고 있다. 300여 권의 육아서를 읽으면서 푸름이를
키운 경험과 3,000회 넘는 강연을 하면서 만난 부모들을 통해 얻은 생생한 사례를
바탕으로 토종교육법인 푸름이 독서영재교육법을 정립하였고, 이를 푸름이닷컴
(www.purmi.com)을 통해 전파하고 있다. 현재 푸름이닷컴 대표이사이며, 저서로는
육아교육의 장기 베스트셀러인 《푸름이 이렇게 영재로 키웠다》(자유시대사)와 《아빠와
함께 책을》(중앙 M&B), 《배려 깊은 사랑이 행복한 영재를 만든다》(푸른육아)가 있다.

내
인생의
책읽기

내 인생의 책읽기는 나의 어머님으로부터 시작되었다. 너무나 가난한 가정에서 얼마 안 되는 밭농사를 지으며 6남매를 낳아 기르시던 어머님은 그 고단한 삶 가운데서도 언제나 책을 읽고 계셨다. 지금은 돌아가신 지 5년이 되었지만 아직도 어머님을 생각하면 조용히 책을 읽고 계시던 뒷모습이 떠오른다.

7월의 무더운 여름날, 콩밭을 매고 흘러내린 땀을 씻으러 잠깐 들어오셔도 손에 책을 잡으셨다. 초등학교밖에 못 나오셨지만 평생을 책을 읽으셨기에 어머님은 유식하셨고, 우리의 어린 시절에는 재미있는 옛날이야기를 들려주셨다.

"팥죽 한 그릇만 주면 안 잡아먹지" "이 농사를 지어 누구하고 먹나, 나하고 먹지 누구하고 먹나" 팥죽할멈 이야기나 우렁각시 이야기를 들으면서 나는 한없이 상상의 세계에 빠져들었다. 지금도 어머님의 목소리가 생생하게 들린다.

초등학교를 함께 다녔던 친구 중에서 어릴 때 우리 집을 방문했던 친구는 그릇 하나 달랑 있던 우리 집이 자기가 지금까지 보았던 집 중에서 가장 가난했던 집으로 기억한다.

초등학교 들어가기 전까지 나는 글을 몰라 스스로 책을 읽을 수 없었다. 글을 알았다고 해도 읽을 책이 없었다.

내 인생에서 처음 책읽기에 눈을 뜬 것은 초등학교 4학년 때이다.

학급에서 문고를 만든다고 여기저기에서 선생님이 책을 모아 교단 옆쪽에 쌓아 두셨는데, 어느 누구도 책에 관심을 갖는 아이들이 없었다. 그냥 굴러다니던 책 중에서 나는 우연찮게 어른들이 보는 두꺼운 《그리스 로마 신화》를 읽게 되었다. 처음에는 글자가 작아 조금씩 읽어가다 이제까지 상상할 수 없었던 세상을 만났다. 팥죽할멈 같은 스토리를 듣다가 광대무변한 《그리스 로마 신화》를 접한다는 것은 너무나 큰 충격이었다. 정말 오줌을 참아가며 날이 어두워지는지 모르고 책을 읽었다.

초등 4학년은 내가 철들었던 때이다. 이북에서 16살에 홀로 내려와 6·25 전쟁에서 수많은 중공군을 죽이고, 화랑무공훈장만 3개를 받았을 정도로 전쟁영웅이었던 아버지는 전쟁이 끝날 무렵에 팔에 총상을 입어 경제력을 잃어버렸다. 사람을 너무 많이 죽였다는 죄책감과 경제력을 잃었다는 무능함을 아버지는 술로 달래면서 나의 어린 시절을 폭력과 가난, 두려움에 떨게 했다.

최희수

술을 드시고 밥상을 뒤집을 때의 공포, 하루건너 하루를 먹을 것이 없어 맹물만 들이키고 잠들 때의 무력함, 그 가운데서 죽을 고생을 하시며 6남매를 돌보셨던 어머님에 대한 연민 등이 뒤섞이며 나는 하루라도 빨리 어른이 되기를 기도했을 뿐이다.

십리 가까운 길을 걸어 학교에 갔다. 외딴집에서 구불구불한 논길을 따라 내려오면 반대편 산을 넘어 학교로 가는 친구를 만난다. "희수야 새잡으러 가자" 그 한마디만 들으면 그날은 학교를 빼먹는 날이다. 우리가 주로 잡았던 새는 종달새였다. 종달새는 하늘 높이 날며 노래 부르다 내려앉을 때는 자기 집에서 멀리 떨어져 내려앉지만 날아갈 때는 바로 자기 집 옆에서 날아오른다. 종달새가 내려앉을 때는 산에서 소나무 순을 벗겨 먹으며 놀다가 새가 날아오르는 시간에는 긴장하고 기다린다. 일단 날아오르면 새집을 찾기는 식은 죽 먹기처럼 쉬우며 종달새 새끼를 잡아서 검지 위에 올려놓고 턱걸이 하듯 목 근처에 손을 대면 다른 손으로 뛰어 오르는 놀이를 시키면서 놀다가 코를 질질 흘리는 친구에게 그 당시 돈으로 10원에 팔곤 했다. 초등학교 4학년 통지표에 보면 그렇게 새잡으면서 결석한 일수가 40일이다.

숙제를 한 번 안 해가면 종아리 한 대를 맞았다. 밥 먹듯 학교를 빼먹었는데 무슨 숙제가 있는지 알기나 하겠는가! 아니 숙제가 무엇인지 알아도 숙제를 할 공책도 연필도 없었기에 해 갈 수도 없었다.

숙제를 한 번 안 해가면 한 대를 맞던 매가 계속해서 불어 육십 대까지 맞아봤다. 천하에 대역죄를 진 것도 아닌데, 곤장 맞듯 종아리 육십 대를 맞아도 맞을 때뿐 맞고 나면 싹 잊어버렸다.

매를 맞든, 학교를 빼먹든 항상 내 머리 속에는 《그리스 로마 신화》에서 읽었던 영웅들의 신화가 그림 그리듯 그려지곤 했다. 한 번 읽는 재미를 들이기 시작하니까 학급문고에 있는 다른 책들도 읽기 시작했다. 너무 재미있어 어둑해질 때까지 읽다보면 그 책을 학급에 놔두고 오는 것이 못내 아쉬워 한 권 두 권 책들을 우리 집에 옮겨 놓기 시작했다. 어느 누가 그랬던가, 길을 가다 새끼줄이 있어 가져왔더니 새끼줄 끝에 황소가 달려있었다고 ….

60~70권 되는 학급문고의 책을 한두 권씩 옮겨 우리 집에 다 옮겨 놓아도 아무도 아는 사람도 없고 뭐라고 그러는 사람도 없었다.

최희수

그 책을 다 읽었을 때 나의 책 읽는 속도는 다른 아이들보다 조금은 빨라졌다. 나는 대학원을 마칠 때까지 거의 학교에서 필기를 해본 적이 없다. 초등시절에 필기할 노트가 없었기에 그냥 수업을 들으면 집중해서 머리로 이해하지 무엇을 적지 않았다. 우리가 초등학교 시절에는 〈전과〉라는 것이 있었다. 다른 아이들이 〈전과〉를 보고 있으면 나는 뒤에 서서 눈으로 〈전과〉를 읽어내려 가곤 했다. 그 아이가 〈전과〉를 보는 속도가 느리니까 나는 다 읽고 나가서 좀 놀다오면 그때서야 다른 페이지를 넘기곤 했다. 그러면 나는 다시 뒤에 서서 남의 〈전과〉를 읽었다. 아무도 내가 글을 빨리 읽는 것을 알지 못했다. 한 번도 내가 공부하는 모습을 다른 사람들이 못 보았지만 나의 학교 성적은 언제나 상위권을 유지했다.

책을 읽고 싶은 갈급함은 나를 만화의 세계로 이끌었다. 당시 신문을 돌렸던 나는 월급을 받으면 만화방으로 갔다. 대개는 수업이 끝난 후에 갔지만 태권도를 하거나 사열, 분열 같은 군사훈련을 학교에서 할 때 지겨우면 나는 만화방으로 줄행랑을 쳤다.

10원을 내면 몇 권을 본다는 규정이 있었지만 만화방 주인은 내가 글을 빨리 읽는다는 것을 알지 못했기에 나는 언제나 규정의 두 배에서 세 배를 더 읽곤 하였다. 내가 주로 읽었던 만화는 무술이나 전쟁처럼 싸우는 것이었지만 손에 잡히는 대로 아무거나 주변에 있으면 읽어내려 갔다.

지금도 잊지 못하는 만화책은 《나비 나비 불나비》라는 제목의 만화다.

배경은 중국이었는데 무술이 뛰어난 자유민인 주인공이 나쁜 군주에 쫓기는 백성을 자신이 지키는 자유지역에 들여보내면 자신도 죽는다는 것을 알면서 성문을 열고, 결국은 한 마리의 불나비처럼 군중과 대항하다 장렬히 죽어가는 내용이다.

《그리스 로마 신화》에서 매혹된 영웅의 모습은 만화에서조차 연장되어 간 것이다. 지금 생각해 보면 10살에 가난했기에 소년가장의 역할을 스스로 받아들여야 했던 어린 시절의 나는 가난을 이겨낼 영웅을 항상 마음속에 그리며 현실의 고난을 이겨내고자 했던 것이 아닌가 싶다. 책을 읽을 때는 현실을 잊을 수 있었고 세상이 힘들 때는 영웅의 고난과 치열한 삶, 그리고 그 역경을 이겨내고 결국은 승리하는 모습에 내 자신을 동일시했던 것이다.

최희수

나는 만화책 읽는 것을 반대하지 않는다. 만화는 나에게 상상과 꿈을 주었고 현실을 이겨낼 용기를 북돋아주었다. 나의 만화책 읽기는 초등 4학년 이후부터 오랫동안 계속되었고, 특히 6개월 훈련받고 소위로 임명됨과 동시에 제대를 하는 석사장교로 군대에 가기 전에는 지금은 대학교수인 친구와 검을 잘 쓰면 검의 신이 되고, 검을 잘못 쓰면 검의 귀신이 되는 《검신검귀》 같은 무협만화를 하룻밤 사이에 100권씩, 꼬박 밤을 새워 읽기도 했다.

중학교에 들어가서 가장 좋았던 것은 학교에 도서관이 있었다는 것이다. 물고기를 맨손으로 잡아 소풍갈 비용을 마련하고, 뱀 한 마리를 200원에 팔아 밀가루를 사다가 수제비를 만들어 동생들을 먹이고, 매일 강가에서 수영하다가 목에 때가 까맣게 끼어, 어쩌다 세수를 해서 목의 때를 씻어 내면 목의 때가 깨끗해져 선생님이 기쁘다라는 이야기를 들었던 누구에게도 주목받지 못한 초라한 소년가장인 소년에게 도서관은 그냥 자신으로 존재할 수 있는 유일한 공간이었다.

학교에 가면 오전수업이 시작되기 전에 책을 한 권 빌려서 책상 아래에 두고 수업시간 내내 한 권의 책을 다 읽었다.

점심시간에 친구들의 밥을 걸어 얻어먹고는 다시 도서관에 가서 오전에 빌린 책을 반납하고 다시 책 한 권을 빌려 오후 수업이 끝나기 전에 다 읽었다. 이런 생활이 1~2년 계속되니까 책읽기는 더욱 빨라졌고, 이제는 한시라도 읽을거리가 없으면 심심해서 견딜 수가 없었다.

나는 강연중에 삐라를 읽어서 서울대학교에 들어갈 수 있었다는 이야기를 하곤 한다. 너무나 읽을 것이 없었기에 나는 이북에서 날아온 삐라라도 읽어야 했다. 그 당시 지금 내가 살고 있는 금촌에는 삐라가 어느 때는 좋은 종이에 책으로 떨어지곤 했다. 그 삐라를 모아 학교나 경찰서에 갖다 주면 상을 주곤 했는데, 나는 상장을 많이 받았다. 상도 받으면서 책을 읽을 수 있으니 일거양득 아닌가! 그렇다고 내가 사상적으로 이상해졌다는 말은 아니다.

학년이 올라가 새 학기가 되면 교과서를 받는다. 나는 교과서를 소설책처럼 읽었다. 수업이 시작되기 전에 웬만한 내용은 미리 읽어 다 알고 있었기에 수업시간 내내 다른 책을 읽어도 오히려 학교 성적은 점점 좋아졌다. 중학교 3학년이 되니 반에서 1등을 하고 전교에서도 4등 안에 들었다. 정말로 이상하지 않은가! 수업시간 내내 탐정소설이나 판타지 같은 책들을 읽었는데 학교 성적은 점점 좋아진다는 사실이 … .

내 인생을 돌이켜보면 나는 초등 4학년 이후에 항상 책을 읽는 사람이었다. 시험을 봐서 들어가는 고등학교에 가서도 본고사가 있어 강도 높고 빡빡한 학교공부 과정에도 누나가 사온 '민음사'에서 나온 《세계문학전집》을 주말이면 밤을 새워 읽곤 했다.

내가 좋아했던 책은 알렉상드르 뒤마가 쓴 《몽테크리스토 백작》이나 《93년》, 《장발장》 같은 빅토르 위고의 소설 또는 스탕달의 《적과 흑》, 때로는 러시아 대문호인 톨스토이의 《전쟁과 평화》, 《죄와 벌》, 레마르크의 《서부전선 이상없다》, 보카치오의 《데카메론》 같은 문학책을 읽었다. 지금 생각해 보면 뭘 알고 읽었나 싶지만 영웅과 초인을 기다리는 무의식이 그런 종류의 책으로 이끈 것은 확실하다.

대학원을 마치고 유학을 갈 비행기 표라도 살 돈을 벌자는 생각 때문에 방송통신대학교 부교재를 만든 것이 결정적으로 오늘날 나의 삶을 바꾸었다.

'푸른솔'이라는 출판사를 만들고 방송통신대학교 부교재

를 16개 학과 400여 종을 만들면서 나의 책읽기는 이제까지 경험해 본 적이 없을 정도로 광범위하게 진행되었다.

부교재를 만들면서 적어도 다섯 번의 교정을 봐야 하는데, 나는 시간당 12페이지 하루에 15시간씩 180페이지의 교정을 보면서 다양한 분야에 대해 공부를 했다. 장가가라고 아버지가 소를 팔아서 준 돈을 가지고 출판사를 차렸기에 처음부터 끝까지 모든 것을 내가 해야 했다. 행정, 경영, 가정, 법학, 농학, 유아교육, 교육 등 16개 학과의 부교재를 만들면서 내용이 틀리지 않게 오타 하나 나지 않게 교정을 보면서 나의 책읽기는 치열하게 진행되었다. 이것은 생계를 위한 것이었기에 단지 문학책이나 학교 공부를 할 때 읽은 것과는 전혀 다른 차원의 책읽기였다.

내용이 틀리면 항의전화를 내가 받아야 하기 때문에 정말 목숨을 걸고 집중해서 내용을 이해해야 했다.

결혼을 하고 푸름이를 낳고 기를 때 유아교육과 교육에 관한 부교재를 만들던 시기가 있었다는 것이 나에게는 큰 도움이 되었다.

운동선수였던 푸름이 엄마는 나에게 교육방향만 당신이 알려주면 자신은 실천하겠다고 했다.

유아교육과 교육 책을 만들면서 나는 내가 읽었던 교육원리를 푸름이 엄마에게 이야기했고, 푸름이 엄마는 그 교육원리를 일상에서 실천했다. 교육을 일상에서 적용하면서 우리 부부는 교육원리가 어느 것은 맞는 것도 있고 어느 것은 맞지 않는 것도 있다는 것을 알게 되었다. 푸름이가 성장하면서 어느 것이 옳은지 그른지를 알려주었다.

나는 교육에 관한 책을 읽는 것이 신이 났다. 적용하면 그 결과를 알 수 있으니 얼마나 재미있었는지 모른다. 단지 유아교육이나 교육에 관한 책에서 배운 것보다 문화인류학, 심리학, 언어학, 사회학 등 다른 부교재를 만들면서 읽었던 광범위한 책들이 오히려 넓은 시야를 가지고 내 아이를 키우는 데 도움을 주었다.

초등학교에 들어가기 전인 다섯 살에 백과사전을 소설책처럼 읽으며, 1분당 50페이지의 책을 읽어 내려가는 푸름이가 언론에 의해 '영재독서왕'으로 널리 알려지면서 나는 푸름이를 키운 경험을 적은 《푸름이 이렇게 영재로 키웠다》, 《배려깊은 사랑이 행복한 영재를 만든다》, 《아빠와 함께 책을》이란 세 권의 책을 쓰게 되었고, 이것이 지난 10년 동안 아이를 키우는 어머니들의 육아교과서처럼 읽혀지면서 이제는 푸름이를 키운 경험을 따라가는 회원들이 전세계적으로 30만에 이를 정도가 되었다. 그동안 3천 회가 넘는 강연을 하면서 나는 어떻게 하면 아이들이 책을 좋아하는지 알게 되었다.

책을 좋아하는 아이로 키우는 방법

아이가 이 세상에 태어날 때 누구나 책을 좋아하는 아이로 태어난다.

만일 아이가 책을 좋아하지 않는다면 그 잘못은 부모에게 있는 것이지 아이에게 있는 것은 아니다.

아이는 책을 좋아한다는 내면의 신호를 끊임없이 부모에게 보낸다. 다만 부모는 자신이 가지고 있는 편견으로 인해 아이의 신호를 무시하거나 왜곡하여 책으로부터 멀어지게 한다.

예를 들어 아이는 낮에는 열심히 놀다가 밤만 되면 책을 읽어달라고 요구한다. 그러면 부모는 '저놈 잠 안 자려고 그런다'라고 해석한다. 잠을 자지 않기 위해서 책을 읽어달라고 요구한다고 해석하면 부모는 아이를 재우기 바쁘지 아이

최희수

가 원할 때까지 책을 읽어주지는 못한다. 책을 읽어주는 것은 부모의 엄청난 에너지를 요구한다. 그런데 아이가 부모를 시험하고 골리기 위해 책을 읽어달라고 요구하고 있다고 생각하면, 책을 읽어주는 진정한 행복도 기쁨도 느끼지 못한 채, 의무적으로 읽어주어야 하기 때문에 책 읽어주기는 오랫동안 지속될 수 없다. 한순간에는 읽어줄지 몰라도 부모의 마음속에는 분노가 쌓이고 어느 정도의 요구를 넘어서면 주기적으로 화를 내면서 아이는 책으로부터 점차 멀어지게 된다.

그러나 낮에는 마음껏 뛰놀던 아이가 밤만 되면 줄기차게 책을 읽어달라고 요구할 때 "얼마나 책읽기가 좋으면 낮에 뛰놀면서 피곤할 텐데, 잠을 이겨내면서 책을 읽어달라니 참으로 기특하다"라고 해석하면 부모는 기쁨과 행복 속에서 책을 읽어주게 되고 육체는 좀 고달파도 부모 마음속에 대견함과 진정한 즐거움이 있기 때문에 아이는 점점 책을 읽어달라고 요구하게 된다.

아이가 책을 읽어달라는 요구를 진심으로 들어주면 아이의 책읽기는 점점 깊어진다. 어느 때는 밤을 꼬박 새우면서까지 책을 읽어달라고 요구하기도 한다.

이것은 아이가 몰입의 상태에 빠진 것이다. 몰입은 정신이 질서를 가지고 있는 상태로, 우리의 '주의'라는 정신에너지가 정서상의 혼란 없이 사물과 혼연일체가 되면서 사물을 받아들이는 데 쓰이기 때문에 아이들은 최고의 성취를 이루어낸다.

몰입의 상태에 빠지면 먼저 시간과 공간의 왜곡이 일어난다. 부모가 10시간을 내리 책을 읽어주어도 아이가 느끼는 시간은 1시간도 되지 않는다. 이때는 행복감을 느끼지 못한다. '행복'이라는 감정도 몰입을 방해하기 때문이다. 그러나 몰입이 끝나면 행복감이 물밀듯이 밀려오게 되고, 이 행복감으로 인해 아이는 모든 분야에서 몰입을 추구하게 된다. 몰입의 상태가 가장 잘 일어나는 것은 어릴 때의 책읽기이다. 따라서 아이들은 잠을 이겨내면서까지 책을 읽어 달라고 요구하는 것이다.

책을 좋아하는 아이로 키우기 위해서는 아이가 책을 읽으면서 몰입의 상태에 들어가는 것을 부모가 방해하지 않으면 된다. 그런 면에서 아이들의 책읽기는 친숙기→ 노는 시기→ 바다의 시기→ 독립이라는 4단계를 거치면서 몰입이라는 절정의 경험에 이르게 되고 책읽기에서의 절정의 경험은 성장하면서 아이가 손대는 모든 분야에서 절정의 경험을 가능하게 하고 레오나르도 다빈치처럼 모든 분야에서 최고의 성취를 이루어낸 무한계 인간으로 성장하게 한다.

친숙기

친숙기의 시기에는 책이 집에 있어야 한다. 책을 안 보는 가장 큰 이유 중의 하나는 집에 아이가 볼 만한 책이 없기 때문이다.

　푸름이가 책을 보게 된 이유 중의 하나는 이 시기에 출판사에 다니는 친척이 있어 얼떨결에 책을 사게 된 연유이다.

　좁은 집에 책을 쌓아 둘 공간이 없어 방바닥에 깔아 놓게 되었는데 그때 푸름이는 책을 장난감보다 먼저 접하게 되면서 책과 친하게 되었다.

　책과 친숙할 수 있는 가장 좋은 환경은 부모가 책 읽는 모습을 보여주는 환경이다.

그림책을 가지고 노는 시기

그림책을 가지고 놀아야 한다. 책의 중요성이 강조되면서 책을 학습의 한 방편으로 여기는 사람들이 많은데 그럴 경우 아이는 책이 즐거움이 아닌 하나의 일이 돼버리기 때문에 책읽기를 싫어하게 된다.

책을 안 읽는 가장 큰 이유 중의 또 하나는 아이가 책을 잘 읽는 아이가 되었으면 하는 부모의 마음을 아이에게 들켰을 경우에 아이는 책읽기를 멈추게 된다. 특히 똑똑한 부모에게서 흔히 나타나는 현상이 이것이다.

부모는 선생님처럼 아이를 끌고 가려고 해서는 안 된다. 환경을 만들어 주고 그 안에 자연스럽게 들어오도록 변화의 중계자 역할을 해야 한다.

푸름이 엄마는 푸름이에게 책읽기를 강요해 본 적이 없다. 아침에 눈을 뜨면 머리맡에 백과사전을 놓아두어 장난감보다는 책에 손이 먼저 가게 하고 아이가 노는 공간에 아이가 좋아하는 책을 두어 자연스럽게 책을 보는 환경을 만들었을 뿐이다.

최희수

책의 바다에 빠지는 시기

부모가 책을 읽어주면 듣고 있던 아이들이 이제는 자기가 좋아하는 책을 뽑아오면서 읽어달라고 요구하기 시작한다.

그러면 책의 바다에 빠지는 시기가 왔다는 것을 의미한다. 한두 권에서 시작한 책읽기가 어느 때는 하룻밤 사이에 100권을 넘게 읽어주어야 끝날 때도 있게 된다.

푸름이는 이 시기가 17개월에 시작되어 27개월까지 10개월간 계속되었다. 이때는 나는 12시에서 새벽 2시까지, 푸름이 엄마는 새벽 2시~아침 6시까지 읽어주는 시간이 있었다. 남들은 5년을 읽어주어야 하는 분량을 우리 부부는 10개월에 마친 것이다.

이때 책을 읽어주면 아이는 그 다음부터는 고집을 피우지 않는다. 굉장히 풍부한 어휘를 책을 통해 받아들이고 모든 것을 말로서 하는 아이가 그 말을 이해하기 때문에 교육이 무척 쉬워진다. 더불어 이 시기는 한글을 가르쳐야 할 시기이다. 한글은 지식을 획득할 수 있는 도구이다. 한글은 서구문화와는 달리 배우기 쉽고 혼동되는 음소가 없기 때문에 한글을 일찍 배운다고 창의성이 발달하지 않거나 난독증에 걸리지 않는다. 오히려 한글을 빨리 배운 아이들은 자기의 에너지를 책을 읽으면서 쏟기 때문에 아이를 키우기가 너무 쉬워지고 아이는 스스로 책을 읽으면서 성장하게 된다.

어릴 때 한글을 가르치는 것은 방법적으로 쉬워야 하고 재미있어야 한다. 오히려 강제적으로 재미없게 배우면 배움 자체를 거부할 수 있게 된다.

독립의 시기

독립한다는 것은 스스로 책을 읽게 되는 것을 말한다. 한글을 알아도 스스로 책을 읽지 않는 아이들이 많은데 엄마가 독립의 과정을 끊임없이 재미있게 유도해야 한다.

독립하기 위해서는 아이가 만만한 쉬운 책을 가지고, 부모가 칭찬과 격려를 해줌으로써 스스로 읽게 해야 한다.

이때 독립의 과정중에 조심할 것이 몇 가지 있다.

첫째는 소리 내어 읽도록 강요해서는 안 된다. 소리 내어 읽으면 아이들은 이해하지 못한다. 특히 남자아이들은 말더듬이가 될 염려가 있다.

둘째는 책을 읽다보면 책장을 아이가 빠르게 넘기니까

아이가 책을 읽는 것인지 아닌지 몰라 확인하는 경우가 있는데, 이때 부모가 확인하면 아이들의 대답은 '몰라'밖에 없다. 확인하면 안 된다. 부모는 믿음으로 가야 한다.

셋째, 책을 읽다보면 조사를 빼먹는 현상이 일어나는데 이것은 속독으로 가는 준비단계로 자연스런 현상이다. 이것을 처음부터 다시 읽게 하면 속독이 그 자리에서 멈춘다.

우리는 지난 10년 동안 부모의 깨달음과 노력에 의해 모든 아이들이 책을 좋아하는 아이로 성장하는 것을 지켜보았다. 한 사람의 특별한 경험이 아닌 모든 사람이 공통으로 경험하는 보편적인 원칙을 발견한 것이다.

아이는 책을 읽으면서 자신을 존중하고 사랑하며 더불어 남도 배려하는 따뜻하고 아름다운 사람으로 성장한다.

남을 죽여야만 내가 사는 무겁고 살벌하며 쥐어짜는 이 나라 교육을 서로 화합하며 행복한, 그리고 아이가 가지고 있는 내부의 힘을 무한계로 이끌어주는 데 있어 책읽기만큼 좋은 교육이 어디에 있는가!

책읽기가 공교육을 보충하는 수단이 아닌 교육 그 자체로 자리매김할 때 우리는 세계를 평화롭게 이끌어갈 인재를 우리 손으로 길러낼 수 있을 것이다.

푸름이를 낳고 키우면서 나의 책읽기는 아이를 키우는 분야로 집중되었다. 부모교육에 관한 책이나 아이를 키우는 데 도움이 되는 책은 닥치는 대로 읽었다. 지난 18년 동안 나는 하루에 단 몇 장을 읽어도 책읽기를 멈춘 적이 없다. 수백 권의 육아서를 어느 때는 수십 번씩 반복해 보면서, 그리고 수십만의 어머니들을 만나면서 나는 내면을 깊이 성찰할 수 있는 상태에 이르렀고 교육에 관해서는 무엇인가 분명하게 이것이 옳다 라고 말할 신념도 갖게 되었다.

어떻게 해야 이 땅의 아이들을 행복하면서도 유능한 인재로 키울지도 알았다. 이제는 돈과 명예를 떠나 진정 나머지 내 인생을 무엇을 하며 살아야 하는지도 안다.

그동안 내가 읽은 육아서 중에서 이 책만큼은 꼭 읽었으면 하는 육아서 몇 권을 추천한다.

육아서의 명작을 읽자

우리의 삶이 끝나갈 때 가장 간절하게 하고 싶은 것을 지금 하라면 대부분의 부모들은 아마 내 아이를 행복하고 아름다

최희수

우며 유능하게 키우고 싶어할 것이다. 자식을 잘못 키우면 우리는 죽을 때 눈도 제대로 못 감는다. 어쩌면 일생을 통해 무엇보다 중요한 일이 육아지만 어떻게 자식을 잘 키울 수 있는지에 대해 열심히 공부하지는 않는다.

우리는 우리 부모가 우리를 대했던 태도를 싫어하고 미워하면서도 그대로 우리 아이에게 대물림한다.

부모에게 매를 맞았다면 내 자식에게 폭력을 행사하는 것을 당연하게 여기고, 아이를 사랑하니까 매를 들었다고 교육의 이름하에 정당화시킨다. 부모로부터 조건에 따른 사랑을 받았다면 나도 모르게 내 자식에게 착한 아이가 되라고 강요하게 된다.

부모가 간섭하는 것이 너무 싫어 아이에게 인생을 살아갈 기준을 주지 않고 방임했다면, 교육의 방식은 정반대지만 아직도 부모에게 종속되어 있으며 내 아이가 자기 삶의 주인이 되어 독립적인 삶을 살도록 돕지 못한다는 점에서 같은 교육을 대물림하고 있는 것이다.

우리 부부는 연애하던 시절부터 육아서를 읽었다. 수백 권이 넘는 육아서를 읽었으며 때로는 몇 년의 세월에 걸쳐 수십 번을 반복하면서 읽은 육아서도 있다. 명작의 반열에 올라간 육아서는 읽을 때마다 느끼는 의미가 다르다. 내 자식이 자라고 내가 성장한 만큼 똑같은 내용이지만, 그것을 읽고 깨닫는 느낌이 전혀 다르다.

육아서의 명작은 아이를 이렇게 키워야 한다 라고 단정적으로 주장하지 않는다. 다만 이런 육아방식이 있다는 것을 보여주기에 부모로 하여금 육아서를 읽으면서 이 정도면 나도 실천할 수 있다는 자신감을 얻게 한다. 육아서를 읽고 주눅 들었다면, 그런 육아서는 아이를 키운 경험이 녹아들어 자연스럽게 우러나는 경지에 도달한 저자가 쓴 책이 아니다.

육아서를 읽으면 읽을수록 그리고 육아서의 내용을 내 아이에게 적용시켜 보면 결국 좋은 육아서는 아이를 상과 벌에 따라 엄격하게 키우라는 편협된 시각의 육아서가 아니라 아이를 있는 그대로 자유롭고 따뜻하게 사랑하고, 아이가 하는 행동의 이면에 있는 아이의 속마음을 읽게 하며, 발달에 따른 융통성이 있는 가운데서 일관된 기준을 아이에게 줌으로써 세상을 긍정적으로 바라보게 하는 책들이다.

이런 책에는 수십 년에 걸친 저자의 경험이 살아 있기에 읽으면 읽을수록 부모의 가슴에 울림을 줄 뿐만 아니라 내 자신이 누구인지 알게 하고, 무엇보다도 부모가 자신을 지독히 사랑할 때야 비로소 넘치게 자식을 사랑하게 되며, 부모가 배려깊은 사랑을 아이에게 줄 때 아이들도 배려 깊은 사랑을 부모에게 그대로 돌리며 더 나아가서 사회로 확장됨을 알게 한다.

지금까지 읽은 육아서 중에서 이 책만큼은 꼭 읽었으면 하는 육아서를 몇 권만 이야기해 달라면, 나는 다음의 네 권을 강력하게 추천하고 싶다.

《스마트 러브》: 책의 한 구절 한 구절이 육아의 본질을 꿰뚫고 있으며, 지금까지 육아의 주류를 이룬 행동주의 심리학에 기초한 상과 벌의 육아를 뛰어 넘어, '강압도 허용도 아닌 사랑의 규제'를 교육의 본질로 보고 있다.
저명한 정신 병리학자이며 의사인 저자 마사 하이네만 피퍼와 남편인 윌리엄 피퍼는 30년간의 임상실험과 연구를 토대로 아이들이 어떤 과정을 통해 정신 내면의 세계를 구성하고 부모들이 어떻게 해야만 아이들이 행복

해지는지를 밝혔으며, 우리에게 '내적 불행'이란 화두를
던져준 책이다.

《아이가 나를 미치게 할 때》(에다 르샨) : 아이를 키우
며 누구나 힘들어하는 문제들을 구체적인 사례를 통해
유머스럽게 풀이하면서 아이의 속마음을 읽게 해주는 데
이 책보다 더 좋은 책을 본 적이 없기에 '육아서의 왕'이
라 불러도 손색이 없다. 40년 동안 유치원 선생님을 가
르치는 교사, 의사, 아동심리학자, 그리고 엄마로서 축
적된 경험이 없이는 쓸 수 없는 따뜻한 책으로 각각의
육아서를 통합하며 완결할 뿐만 아니라, 유능하고 행복
한 인재를 길러낼 수 있도록 부모를 성장시켜 행복한 가
정을 이룰 수 있도록 돕는 책이기도 하다.

《가족의 심리학》(토니 험프리스) : 우리 아이들에게 배
려깊은 사랑을 실천하는 것을 방해하는 것은 우리가 어
릴 때 부모의 부정적인 거울에 비춰져 나도 모르게 손상
된 자아를 갖고 있기 때문이라고 한다.
  가족 내에서 어떻게 자아가 교묘하게 왜곡되는지, 그

최희수

리고 참 자아를 찾기 위해서는 어떻게 해야 하며, 그것이 어떻게 건강한 가족을 만드는지에 대해 구체적인 임상경험이 녹아있기에 아이를 키우는 부모들은 누구나 한 번은 읽었으면 하는 육아서이다.

《독이 되는 부모》(수잔 포워드): 말 그대로 아이를 사랑하는 방법을 몰라 부모가 최선을 다해 아이를 키웠지만 그것이 내 아이에게는 독이 되어 아이에게 평생 부정적인 영향을 미치는 것에 관한 실제의 사례들이다.

누구나 공감할 수 있는 쉬운 언어로 사례를 이야기하기 때문에 쉽게 이해하면서 내 안에 쌓여있는 독이 무엇인지 알 수 있을 뿐만 아니라 어떤 과정을 통해 가정이 파괴되는지, 그리고 반응이 아니라 대응을 통해 자존감을 회복하고 내적 불행을 치유할 수 있는 구체적인 지침들이 실려 있다.

육아서를 읽으면서 하루아침에 자신의 성장이 이루어지지 않지만 꾸준히 읽다보면 어느 사이에 훌쩍 커버린 자신을 발견하게 된다. 아이를 키우면서 내가 성장한 만큼 내 아이도 성장하기에 우리 부부는 푸름이·초록이를 키우는 18년 동안 쉼 없이 육아서를 읽어왔다.

책읽기는 모든 교육과 성장의 핵심이다.

만일 우리 아이들이 초등학교에 들어가기 전에 적어도 1만 권의 책을 읽는다면 입시가 어떻게 변하든 고민할 필요가 없다. 양이 채워지면 질적인 변화가 일어난다. 1만 권의 책을 읽은 아이들은 내면의 위대한 힘을 끌어내면서 어느 분야에서든 최고의 성취를 이루어낼 능력을 가지게 된다. 그들은 세계를 이끌어가는 지도자가 될 것이며 그런 아이들이 세상의 주역이 되는 다음 세대의 세상은 정의롭고 아름다울 것이다.

최희수

하 성 란

1967년 서울에서 태어나 서울예술대학 문예창작과를 졸업했다.
1996년 〈서울신문〉 신춘문예로 등단한 뒤 소설집 〈루빈의 술잔〉,
〈옆집 여자〉, 〈푸른수염의 첫 번째 아내〉, 〈웨하스〉와 장편소설 〈식사의
즐거움〉, 〈삿뽀로 여인숙〉, 〈내 영화의 주인공〉을 출간했다. 동인문학상,
한국일보문학상, 이수문학상, 오영수문학상, 현대문학상을 수상했다.

정지된
그림 속의
끝없는
이야기

내 문학의 출발
《세계어린이명화》

벨라스케스의 그림을 처음 접한 것은 예닐곱 살 무렵이었을 것이다. 누런 포장봉투나 철 지난 달력 뒷면에 젊은 어머니가 점선으로 그린 한글 자음과 모음을 따라 그리던 기억이 앞뒤 잘린 채로 남아 있는데 그 무렵이었는지 아니었는지 모르겠다. 구깃구깃하고 질이 좋지 않아 연필이 잘 나가지도 않던 누런 포장 봉투. 무엇을 싸왔는지 그때까지도 다 알 수 있던 봉투. 종이도 귀했던 시절이었으니 그 올 컬러판 책 한 권은 호사 중의 호사였을 것이다.

젊은 아버지는 한때 출판사를 전전했다. 어느 날 아버지가 내게 책 한 권을 건네주었다. 판형도 컸을 뿐 아니라 올 컬러판이었다. 물론 그땐 판형이란 단어도 몰랐다. 두 손으로 들고 있기에도 조금은 벅찬 그 커다란 책을 받고 놀란 나머지 와, 탄성도 지르지 못한 채 얼이 빠져 한참 들고 있었을 것이다. 《세계어린이명화》. 그때 한글을 뗐다고 하더라도 제목 중 이해할 수 있는 단어란 어린이가 기껏이었을 것이다. 훨씬 나중에야 나는 그 책의 제목도 이해했고 그로부터 더 훨씬 뒤에야 내가 보았던 그림들을 화가와 연결시킬 수 있게 되었다. 그러니까 그때 나는 벨라스케스의 그림을 본 것이 아니라 접했던 것이다.

정지된 그림 속의 끝없는 이야기

《세계어린이명화》라는 제목을 단 하드커버의 그 책을 그 뒤로 아주 오랫동안 가지고 있었다. 그 책에는 벨라스케스의 〈시녀들〉, 〈계란을 부치는 노파〉와 〈푸른 옷의 마르가리타〉는 물론이고 미켈란젤로에서부터 피카소에 이르는 유명 화가들의 그림 몇 점이 맛보기식으로 실려 있었다.

검게 눌어붙은 비닐 장판에 배를 깔고 엎드려 그 그림들을 보고 또 보던 일들이 어제 일 같다. 보고 또 보았다. 그러는 사이에 서서히 이야기들이 쌓여 갔다. 조금 커서는 그림들 가운데 몇 점을 모사해보기도 했다. 피카소의 공 위에 올라선 소녀는 몸의 윤곽을 따라 그리다가 도중에 그만 포기하기도 했다. 지금 돌이켜보니 그 작품들과 화가가 맞아떨어지는 것이지 그때는 화가 이름도 제대로 몰랐다. 벨라스케스의 마르가리타 공주. 과장되게 부푼 마르가리타의 푸른빛 드레스는 종이 인형의 옷을 그리는 데 종종 도움이 되었다. 데츠카 오사무의 만화 주인공 같은 곱슬머리의 눈이 큰 종이 인형들에게 그 드레스는 잘 어울리지 않았다.

그 책에 실린 〈시녀들〉을 수십 번도 넘게 보았는데도 우표 크기만 했던 거울이 거기 걸려 있었다는 것을 알게 된 것은 그로부터 십수 년이 흐른 뒤였다. 내 눈길을 끌었던 건

벨라스께스 〈시녀들〉

난쟁이와 시녀들에게 둘러싸여 있는 다섯 살 먹은 황녀의 화려함이었다. 벨라스케스의 다른 그림들은 마음에 들지 않았다. 〈계란을 부치는 노파〉의 노파와 빡 비슷한 과일을 든 소년의 얼굴에 드리워져 있던 고단함 따위는 건성으로 넘어갔을 뿐이다. 서서히 응고되는 프라이팬 속의 계란은 입안에 끈적끈적한 식용유 맛을 느끼게 했다.

몇 번의 이사 끝에 그 책은 어디론가 사라졌다. 고등학교 때였을 것이다. 이미 종잇장은 나달나달해져 있었다. 그리고 몇 년 지나지 않아 내 수중에는 좋은 지질의 화집들 몇 권이 들어와 있었다. 그 책의 행방에 대해 많이 안타까워하지는 않았던 듯하다. 하지만 불현듯 그 책 속의 마르가리타가 떠오를 때가 있다. 바스락거리는 질감의 그 푸른 드레스, 배가 가슴을 간질이면서 달아오르던 온돌방의 온기, 외풍이 심하던 단독 주택의 안방 그리고 내가 겪고 지나가야 할 미지의 삶이 예고하는 두근거림 ….

수십 번 봤지만 벨라스케스의 〈시녀들〉을 볼 때면 언제나 그림 가운데 선 마르가리타에게로 시선이 옮겨간다. 거울의 비밀을 알고 난 뒤에도 그렇다. 황녀의 아름다움과 창백한 피부에 드리워진 그녀의 짧은 생애를 생각한다. 죽은 황녀를 위한 파반느 ⋯ 조용한 궁 안의 여름 한나절. 완벽한 구성의 이야기 한 편이 그림 속에 들어 있었다는 것을 안 건 얼마 되지 않았다.

거울아, 거울아 ⋯ 백설공주의 계모가 거울 앞에 서서 주문을 외우는 모습이 떠오른다. 아름다움과 젊음은 곧 사라질 것이다. 세상에서 누가 제일 예쁘냐고 묻는 계모에게서 절박함이 느껴진다.

애석하게도 우리는 우리 자신의 얼굴을 볼 수 없다. 공중 화장실의 대형 벽걸이 거울 앞에서 얼굴을 들었을 때 곁에 선 이의 얼굴이 맨눈과는 다르게 보인다는 것을 경험한 적이 있을 것이다. 거울 뒤편에 발린 아말감의 결에 의해, 빛의 굴절에 의해 얼굴들이 덩달아 흔들린다. 우리는 거울 속에 맺힌 왜곡된 얼굴을 오랫동안 우리의 진짜 얼굴이라고 오해하고 그것에 집착해왔다.

프란시스코 데 고야는 〈늙은 여자들〉에서 홀린 듯 손거울을 들여다보고 있는 노파의 모습을 그렸다. 빛나던 흰 피부는 붉은 반점으로 뒤덮였다. 등나무 같은 주름이 온몸을 휘감았고 이는 오래 전에 모두 빠져 달아났다. 늘어진 살 속에 묻혀 입술은 흔적조차 찾기 힘들다. 한때의 아름다움이란 높은 코끝에서나 간신히 추측해볼 수 있을 뿐이다. 주름과 뼈만 남은 노파의 모습은 속이 비치는 화려한 드레스와 커다란 장신구들 때문에 우스꽝스럽기까지 하다. 손거울을 꼭 쥐고 조심스레 거울을 들여다보는 노파의 얼굴에 나타난 것은 두려움과 당혹감 그리고 어쩔 수 없는 체념이다.

노파의 곁에는 해골처럼 추악하게 생긴 검은 옷의 여자가 그림자처럼 붙어 앉아 있다. 다정한 자매처럼 보이는 여자는 노파 쪽으로 'Que tal?'이라고 적힌 종이를 들이댄다. 종이에 쓰인 안부를 묻는 말은 위안이라기보다는 조롱에 가까워보인다. 그들의 뒤에서 커다란 날개를 펼치고 선 신은 빗자루를 든 채 거울에 비친 노파의 얼굴을 훔쳐보고 있다. 노파가 손거울을 들여다보고 있는 그 순간에도 시간의 신은 노파에게 남은 젊음과 아름다움을 훼손시킨다. 노파의 곁에 앉은 추악한 여인의 모습은 가까운 미래, 노파 자신의 모습일는지도 모른다. 이 모든 것이 악몽은 아닐까. 어쩔 도리가 없음을 알고 있으면서도 노파는 여전히 손거울을 놓지 못하고 있다. 고야가 이 그림에서 이야기하고 싶었던 것은 무엇일까. 젊음과 아름다움에 집착하는 인간 아니면 흘러가는 시간의 잔인함과 부질없음.

　한때 거울은 나르시시즘을 부추기는 요물스런 물건으로 치부되었다. 교회는 거울은 물론이고 상을 비추는 것들마저 꺼려 멀리했다. 거울은 음탕한 여자들의 전유물로 여겨져 거울을 들여다보면서 자신의 얼굴을 가꾸는 여인들에게는 죗값을 묻기도 했다.

　벨라스케스마저도 〈거울을 보는 비너스〉를 통해 거울의 부정적인 이미지를 부각시켰다. 검은 빛깔의 비단 이불 위에 턱을 괴고 비스듬히 누운 비너스의 뒷모습은 햇살을 받아 더욱 빛이 난다. 목덜미에서 시작된 탄력 있는 선은 견갑골로 이어져 발목으로 모아진다. 빛과 어둠의 대비로 엉덩이 위의 매력적인 천둥골까지 포착된다. 하지만 큐피드가 들고 있는 거울에 비친 비너스의 얼굴은 과연 그 얼굴이 그렇게 아름다운 여인의 얼굴인가를 의심케 한다. 어두운 거울 속에는 헝클어진 머리카락을 한 다소 지친 듯 보이는 나이 든 여자의 얼굴이 들어 있을 뿐이다. 눈부신 아름다움의 이면에 깃든 비극적인 운명을 우리는 거울을 통해 엿볼 수 있는 것이다.

　하지만 거울이 없었다면? 정작 벨라스케스의 〈시녀

정지된 그림 속의 끝없는 이야기

들〉도 1656년 여름 어느 날의 궁중 풍경을 묘사한 그림에 지나지 않았을 것이다.

그림의 중앙에 자리 잡고 있으면서도 가장 등한시되고 있는 것은 거울이다. 자칫하면 우리의 시선은 중앙에 걸린 거울을 그대로 지나치고 지금 막 커튼을 젖히고 방 안으로 발을 들여놓은 망토를 걸친 사내에게로 옮겨갈 수 있다.

사내가 선 문은 방과 연결되는 유일한 통로로 보인다. 계단 중간쯤에 선 사내는 한 발을 다른 발보다 한 계단 아래에 내디딘 채로 비스듬히 서서 그림의 밖, 관람자인 우리 쪽을 관찰하고 있다. 정지된 그림 속에서조차 사내의 움직임은 조심스럽다 못해 은밀해 보이기까지 한다. 사내는 복도를 지나치다 방 안의 동정을 살피러 들어온 뜻밖의 방문객이다. 방으로 통하는 계단에 선 채로도 사내는 방 안에서의 일들을 간파한 듯하다. 이제 사내를 그곳에 붙잡아두는 것은 호기심일 것이다.

바닥이 납작한 신발의 발짝 소리는 카펫에 묻혀 그림 속의 그 누구도 그때까지 그의 방문에 대해서는 알아채지 못한 듯하다. 사내에 대해 알고 있는 것은 우리, 그림의 관람자와 어두운 벽에 걸린 거울 속의 두 인물뿐이다.

세로로 길쭉한 방이다. 사내는 방의 제일 안쪽 출입구에 서서 그림 밖의 우리를 곁눈으로 응시한다. 오른쪽의 유일하게 열린 창에서 햇살이 걷잡을 수 없이 쏟아져 들어온다. 햇살은 어두운 방 건너편 망토를 걸친 사내의 등 뒤에서도 새어나오고 있다. 먼 곳에 있으면서도 망토를 걸친 사내가 한눈에 띄는 것은 복도에 가득찬 햇빛 때문이다. 복도에는 오렌지빛 햇살이 가득 차 일렁이고 있는 중이다.

사내가 커튼을 들치고 방 안으로 들어서는 순간 복도의 햇빛이 어두컴컴한 방 안으로 스며들었다. 햇빛을 등지고 서 있어 사내의 실루엣은 또렷하게 부각되지만 그늘진 얼굴의 표정을 읽을 수는 없다. 다만 사내의 몸짓으로 사내가 무언가 조심스러워하면서 그곳에 서 있다는 것을 감지할 수 있을 따름이다. 그의 몸가짐에서 그의 직위는 물론이고 그가 바라보고 있는 대상의 직위 또한 조심스럽게 추측할 수 있다.

방 안의 공기는 어떠한가. 오른편 커다란 창으로 쏟아져 들어오는 광선은 채 천장까지 다다르지 못한다. 높은 천장에는 그늘이 져 있다. 아주 오랫동안 이 방은 빛으로부터 차단되어 있었음이 느껴진다. 환풍 또한 제대로 되지 않았을 것이다. 오랜만에 연 유리창으로 햇빛과 바람이 들어오지만 채 방 안을 순환하지도 못한 듯한 느낌이다. 그토록 빛을 차단해야 했던 건 방의 벽에 빼곡하게 걸려 있는 그림들 때문이었을 것이다.

한껏 멋을 낸 시녀들의 분 냄새와 묵은 물감 냄새 속에서 화가가 막 팔레트에 짜놓은 신선한 물감 냄새가 뒤섞이기 시작했을 것이다. 그림 속에서는 비단 치맛자락의 바스락거리는 소리조차 들리지 않는 듯하다.

그림의 왼편, 대형 캔버스를 마주하고 선 이가 바로 벨라스케스 자신이다. 캔버스는 우리에게 보이지 않으므로 그가 무엇을 그리고 있는지도, 그의 작업이 어느 정도 진척되었는지도 추측할 수 없다. 하지만 그가 그리고 있는 그림의 모델은 그림 어디에도 없으므로 우리는 자연스럽게 그림의 모델에 대한 궁금증을 가질 수밖에 없다.

우리의 시선은 단연 그림 중앙에 선 마르가리타 공주에게로 집중된다. 유리창으로 들어온 광선은 두 명의 난쟁이들을 거쳐 공주에게로 향해 있다. 햇빛이 키가 작은 난쟁이들과 마르가리타 공주의 키 높이에서 반짝이는 걸 보면 그림 속의 시간은 오전이거나 정오를 훨씬 넘긴 오후의 어느

하성란

시간으로 추정된다. 나른한 시간이다.

　마르가리타의 숱 적은 금발은 햇빛을 받아 흰빛으로 반짝인다. 머리카락 오라기들이 힘없이 들떠 있다. 분홍빛의 뺨은 건강한 듯 보이지만 창백한 피부와 흰 눈자위가 공주의 허약함을 짐작할 수 있게 한다. 벨라스케스는 마르가리타를 모델로 여러 장의 그림을 그렸다. 〈푸른 옷의 마르가리타〉는 벨라스케스가 공식적으로 제작한 마지막 초상화였다. 어린 마르가리타들과는 다르게 가리마의 위치가 바뀌고 볼 살도 빠진 성숙한 모습이다. 마르가리타는 15세에 사촌과 결혼하고 22세의 나이로 짧은 생을 마감한다. 벨라스케스는 황녀의 운명을 예감했던 것일까. 마르가리타의 금박이 박힌 푸른 빛 드레스는 순식간에 사라질 오후의 햇빛처럼 일렁인다.

　다섯 살의 마르가리타는 가슴패기와 소매 끝에 장미를 단 부푼 치마를 입고 있다. 시녀 하나가 무릎을 꿇은 채로 그녀에게 붉은 음료가 든 잔을 건네는 참이다. 하지만 마르가리타의 시선은 줄곧 정면을 향해 있다. 그녀의 시선에서만은 다른 사람들에게서 느낄 수 없는 대상에 대한 친근함이 느껴진다.

정지된 그림 속의 끝없는 이야기

그림에 등장한 인물은 망토를 입은 사내까지 모두 아홉이다. 궁정의 광대들인 난쟁이 둘이 그림의 오른쪽을 차지하고 있다. 맨 오른쪽의 짓궂어 보이는 어린 난쟁이는 방안을 휘젓고 다니지 못하도록 커다란 개의 등에 한 발을 얹었다. 곁의 나이 든 난쟁이의 얼굴에는 시간의 흔적과 지혜로움, 고집스러움이 엿보인다. 그들에게서 한 발짝 뒤로 떨어진 곳에 한 수녀가 고개를 살짝 돌리고 옆에 선 사내에게 이야기를 건네는 중이다.

그들의 시선을 좇아가보면 우리는 방 안에 있는 또 다른 인물들의 존재에 대해 깨닫게 된다. 그들은 방의 저 안쪽에 걸린 거울 속에 불안한 영상으로 맺혀 있다. 우리는 방의 풍경을 모두 살핀 후에야 우리가 놓치고 지나쳤던 거울 속을 들여다보게 된다.

검은 플레임의 거울 속에는 붉은 휘장 아래 선 두 사람의 영상이 흐릿하게 반사된다. 너무 흐릿해서 그들은 마치 유령처럼 비현실적으로 보인다. '모노스'라 불리는 잔뜩 부풀린 가발을 쓴 여자와 끝이 말린 콧수염의 남자. 벨라스케스는 펠리페 4세 부처의 모습을 재빠른 붓놀림과 과감한 생략으로 거울 속에 그려 넣었다. 그림의 주인공처럼 보이는 인물들의 겸허한 동작들에서 우리는 이 그림의 주인공들이 거울 속에 비친 펠리페 4세 부처라는 것을 알게 된다.

그림의 진정한 주인공은 누구인가. 거울이라는 장치를 통하여 어느 순간 마르가리타와 시녀들이 아닌 그림의 모델이 되기 위해 그림 밖에 서 있는 펠리페 4세 부처가 중심인물로 떠오른다. 펠리페 4세 부처가 서 있는 곳은 프레임에서 생략된 방의 끝이지만 그들은 그림을 들여다보는 관람자들과 같은 위치에 서 있게 되는 것이다. 성장한 채 모델이 되어 꼼짝도 하지 못하고 서 있는 부모를 바라보면서 어린 공주가 미소 짓는다.

1656년 여름 궁중의 풍경을 벨라스케스는 '우연'에 기대어 그려놓았다. 벨라스케스는 대형 캔버스에 펠리페 4세 부처의 모습을 담고 있는 중이다. 하지만 그의 화집 어느 곳에도 펠리페 4세 부처의 초상이 없는 것을 보면 이 그림은 우연을 가장한 철저히 계산된 작품이라는 것을 알 수 있다.

그림 가운데 가장 매력적인 인물은 망토를 걸친 사내이다. 만약 뜻밖의 방문객이 느닷없이 방으로 통하는 문을 열고 들어서지 않았다면 어둠에 묻힌 거울 속에서 우리는 아무것도 발견할 수 없었을 것이다. 복도에서 흘러들어온 빛

정지된 그림 속의 끝없는 이야기

때문에 우리는 그림 밖에 서 있으나 이 그림의 또 다른 주인 공인 펠리페 4세 부처의 모습을 발견하는 기쁨을 누리게 되는 것이다.

에스파냐 여행에서 가장 기뻤던 것은, 이 피곤한 여행을 보상받고도 남았던 것은 벨라스케스였다네. 그는 화가 중의 화가이니까. 하지만 나는 그다지 놀라지 않았네. 그는 내가 이상적이라고 생각하는 그림을 그려놓은 것이고, 나는 그의 그림을 보면서 오히려 무한한 희망과 자신감에 넘쳤지.

1865년 벨라스케스의 그림을 본 마네는 여러 통의 편지를 친구들에게 보낸다. 인상주의를 예고한 마네의 대표작 〈풀밭 위의 식사〉를 제작한 2년 뒤였다. 〈풀밭 위의 식사〉에서 그림의 중심부에 앉아 있는 사람은 정장 차림의 남자 두 명과 턱에 손을 괸 나부이다. 방금 식사를 마친 듯 그들 앞의 풀밭 위에는 풀어헤쳐진 도시락과 나부가 벗어놓은 듯한 옷가지가 널려 있다. 그들의 뒤편으로 나무가 우거진 어두운 길이 나 있다. 인적이 드문 어두운 길 한편으로 빛이 일렁인다. 빛의 일렁임 속에 속옷 차림의 한 여인이 있다는 것을 알아챌 수 있다. 빛 가운데 몸을 반쯤 굽히고 선 여인의 모습은 마치 거울 속에 비친 영상과 같다. 담소를 나누는 두 남자 곁에서 그들의 이야기에서 잠시 벗어난 나부는 한 손을 턱에 괸 채 그림 밖으로 미소를 던진다. 나부가 바라보는 것은 무엇일까. 나부의 시선은 프레임 밖으로 연장되어 관람자와 그림 속의 인물들이 하나가 되는 착각을 일으킨다. 벨라스케스의 그림들이 마네의 작업에 어느 정도의 영감을 주었는지는 알 수 없다. 하지만 〈풀밭 위의 식사〉가 벨라스케스의 〈시녀들〉과 매우 유사한 구성을 가지고 있다는 것을 느낄 수 있을 뿐이다. 벨라스케스의 그림들은 마네의 편지에서 보이듯 그가 생각하는 이상적인 그림이었다. 마네의 인상주의가 탄생하기 200년 전 이미 벨라스케스에 의해 인상주의는 예고되고 있었던 셈이다.

화려한 날들은 지나갔다. 열정은 시간 앞에 사그러들었다. … 미완성작인 갈라와 달리의 뒷모습 초상은 씁쓸한 여운을 남긴다. *Dali from the Back Painting Gala from the Back Eternized by Six Virtual Corneas Provisionally Reflected by*

달리, *Dali from the Back Painting Gala from the Back Eternized
by Six Virtual Corneas Provisionally Reflected by Six Real Mirrors.*

*Six Real Mirrors*라는 다소 긴 제목의 이 작품을 위해 달리는 실제로 여섯 개의 거울을 바꾸어가면서 제작하였다고 한다.

달리의 개성적인 외양은 언뜻 〈시녀들〉에 등장하는 벨라스케스의 모습을 닮았다. 위로 치켜 올라간 콧수염과 귀 아래에서 치렁거리는 검은 곱슬머리. 펠리페 4세의 모습도 연상시킨다.

1965년 달리는 자신의 자서전인 《천재의 일기》에서 천재 미술가 열 명을 임의로 정해 점수를 매겼다. 테크닉, 영감, 색채, 주제, 천재성, 구성, 독창성, 신비감, 진실성 등 열 개 항목에서 최고 점수인 20점을 받은 화가는 레오나르도 다 빈치, 라파엘로, 벨라스케스, 베르메르, 피카소였다. 그리고 달리는 자신에게 19점을 주었다.

1929년 여름, 스물다섯 살이던 달리는 갈라와 운명적인 만남을 갖게 된다. "갈라를 처음 본 순간 내가 그토록 찾아 헤맨 운명의 여인, 필생의 여인임을 확신했다"고 달리는 회고한다. 당시 서른다섯 살이던 갈라는 이미 폴 엘뤼아르의 부인이었다. 첫 만남으로부터 두 달 후 달리는 자신의 두 번째 개인전에 나타나지 않았다. 갈라와 함께 바르셀로나로 사랑의 도피 여행을 떠난 것이다. 그 뒤로 1982년 갈라

가 세상을 떠날 때까지 그 둘은 평생을 같이하게 된다. 1930
년대부터 달리는 자신의 그림마다 '갈라와 살바도르 달리'라
는 서명을 넣기 시작한다.

여섯 개의 거울이 놓인 자리를 그림에서 찾는 일은 쉽지
않다. 우선 그림의 오른쪽에 목조 프레임의 대형 거울이 걸
려 있다. 또 다른 거울 하나는 캔버스를 앞에 둔 달리의 등
뒤에 놓여 있을 것이다. 보이지 않는 거울이 있는 그 자리
에 자연스럽게 관람자의 시선이 놓인다.

갈라의 앞모습과 뒷모습은 〈갈라의 기도〉와 유사한 구
성이다. 〈갈라의 기도〉에서는 유년의 달리를 괴롭혔던 밀
레의 〈만종〉이 걸려 있다. 달리는 하루 일을 마친 부부의
모습에서 근로의 기쁨과 휴식의 여유로움과는 영 딴판인 공
포의 그림자를 보았다. 기도하는 부부 뒤에 놓인 그들이 수
확한 감자 부대 속에 어린 아이의 시체가 들어 있다고 믿었
다. 갈라가 앉아 있는 것은 〈만종〉에 등장하는 그 수레이
다. 특이한 점은 〈갈라의 기도〉에서 거울이라는 장치를 찾
아볼 수가 없다는 점이다.

달리와 갈라의 앞모습은 대형 거울 속에 비춰지고, 뒷모
습의 달리와 갈라는 그림 속에서 확인할 수 있게 된다. 그

림 속에는 두 쌍의 달리와 갈라가 있다. 우리에게는 보이지 않지만, 놀이 공원의 거울의 방을 체험한 사람이라면 두 개의 거울 사이에 앉은 갈라와 달리에게 펼쳐질 영상을 짐작할 수 있을 것이다. 마주보는 두 개의 거울 속에는 수많은 거울들이 끝없이 반복된다. 달리는 광학의 공간 차원 — 사진술, 입체경, 홀로그래피, 입체 음향 등을 묘사하는 방법에 늘 관심을 가지고 있었다. 그것의 한 형태였을 거울 실험을 통해 자신과 갈라와의 사랑이 끝없이 반복되는 영상들처럼 영원하리라는 것을 말하고 싶었을는지도 모른다.

그러나 우리가 그림에서 확인하게 되는 것은 노년에 접어든 달리와 갈라의 모습이다. 그곳에서 우리는 더 이상 운명적인 사랑을 발견할 수 없다. 달리의 검은 머리카락은 변색되었다. 뭉텅 빠져나간 머리카락 때문에 우리에게로 향한 뒷머리는 머릿속이 훤히 들여다보인다. 거울에 비친 갈라의 얼굴은 오른쪽 눈이 구분되지 않을 정도로 모호하게 처리되어 있다. 갈라의 뒤에 앉아 갈라를 지켜보고 있는 달리의 얼굴이 거울에 비친다. 놀란 듯 크게 치켜뜬 그의 두눈이 보고 있는 것은 무엇일까. 거울 속으로 수없이 펼쳐지는 반복되는 영상인가 아니면 갈라의 얼굴에 나타난 세월의 흔적인가.

　달리의 수많은 작품 속에는 갈라가 등장한다. 모든 여성의 모습이 갈라로 변신되었다. 달리에게는 성모 마리아도 갈라였다. 한쪽 가슴을 드러낸 갈라의 초상 〈갈라리나〉에서는 아직까지 눈빛에서 총기가 느껴진다. 젊음이 목과 드러낸 한쪽 가슴에 머물러 있었다. 이제 거울 속의 갈라는 늘어진 목주름을 가리기 위해 몇 겹의 목걸이를 둘렀다. 탄력을 잃은 머리카락은 햇빛 아래 부석거린다. 머리에 단 커다란 리본과 세일러 복장은 고야의 〈늙은 여인들〉을 연상시킨다. 세일러복은 낡고 구겨졌다. 거울에 비친 그들의 앞모습보다 뒷모습에서 먼지처럼 자욱이 내려앉은 세월의 흔적을 발견하게 된다. 사실 말년의 갈라는 돈과 명예 그리고 젊음에 집착했다.

　갈라가 세상을 떠난 후 달리에게서는 예전의 모습을 찾아볼 수 없게 되었다. 그 후 단 하나의 작품도 하지 않았다. 갈라가 죽은 후의 7년 동안이 달리에게는 죽음과도 같은 고통의 시간이었다. 달리가 거울 속에서 보고 놀란 것은 앞으로 다가올 고통의 시간이 아니었을까.

　프레임 속에서 시간은 '어느 한순간'에 정지되어 있다.

하성란

수많은 물감의 덧칠이 연출해내는 착시 현상. 거울은 그 한 순간도 덧없고 부질없다는 것을 이야기한다. 벨라스케스와 달리의 거울을 들여다본다. 순간 거울에 맺힌 영상이 꿈틀거리고 내 얼굴이 맺히는 듯하다. 거울은 허영과 덧없음의 상징일 뿐인가. 하지만 비교적 진실에 가까운 근사치라는 거울이 주는 유혹은 얼마나 감미로운가. 거울아 거울아. 마법의 거울에 주문을 거는 그 속삭임은 얼마나 달콤한가.

세잔은 생트빅투아르 산을 그리면서 대리석의 향기를 그리고자 애를 썼다고 한다. 대리석으로 이루어진 생트빅투아르 산을 그린 〈프로방스의 산들〉을 보는 사람들은 대리석의 냄새를 통해 대리석의 질감을 느끼게 될 것이다. 세잔은 '풍경이 내 가운데서 성찰하고, 나는 그 의식이 된다' 고도 말했다. 세잔이 생트빅투아르 산을 보는 것이 아니라 생트빅투아르 산이 세잔을 바라보았다는 뜻이다. 세잔은 생트빅투아르 산 앞에서 산이 그를 볼 때까지 오랫동안 기다렸을 것이다. 내 앞의 풍경은 까마귀 한 마리 끼어들 틈 없이 조밀했고 견고했다. 그때까지도 고갯마루 위로 모습을 드러내는 차는 없었다. 그때 풍경

정지된 그림 속의 끝없는 이야기

의 한 귀퉁이에서 갈까마귀 떼가 날아오르다 반짝 하얀
배를 보이듯 무언가 살포시 감았던 눈을 뜨고 나를 바라
보는 것을 느꼈다. 내가 그것을 본 것이 아니라 그것이
나를 본 듯한 느낌이었다.

—하성란 〈알파의 시간〉 중

2008년 봄 발표한 단편소설 〈알파의 시간〉은 바로 '보는
것, 본다는 것'에 대해 그 동안 생각해왔던 것을 소설로 옮
긴 것이었다. 소설을 쓰는 내내 나는 한 번도 실물을 본 적
없는 생트빅투아르 산과 그 앞에 선 세잔의 모습을 수없이
떠올려보았다. 그가 그린 수많은 생트빅투아르 산의 전경
도 떠올렸다. 그는 고독했을 것이다. 우리가 존재와 언어
사이의 간극에 대해 고민하듯 세잔의 고민도 크게 다르지
않았을 것이다. 세잔이 생트빅투아르 산 앞에서 기다린 것
은 그 산이 자신에게 말을 걸어오는 순간이었을 것이다.

"사람들은 보는 것을 배우지 않으면 안 된다 — 보는 것
을 배운다는 것은 — 눈에 침착성과 인내의 습관을 주어서
사물 쪽에서 친근하게 가까이 걸어오도록 눈을 길들이는 것
이다"라고 니체는 말했다.

시선이 한 대상에 가닿는 것은 필연이다. 시선이 대상에 오래 머무르는 것, 그 간극을 점점 좁히는 것, 한순간 그 전체를 이해할 수 있게 되는 경험은 경이로움이다.

한글을 뗄 무렵이었을 것이다. 청천벽력과도 같이 내게 《세계어린이명화》라는 책이 주어졌다. 책을 받아든 어린 나는 공포와 놀람과 흥분으로 눈이 동그래져 있었다. 대체 이게 뭐지? 맨 처음에는 호기심으로 그림들을 보기 시작했을 것이다. 올컬러판이었다지만 지금의 화집과는 질도 비교할 수 없던 《세계어린이명화》. 보고 또 보았다. 그 과정에서 한글도 떼고 술술 글도 읽기 시작했을 것이다. 하지만 글을 몰랐을 그 짧은 기간 동안, 먼 나라의 화가들이 그린 그 그림들은 나의 또 다른 감각을 깨웠다. 그리고 그림들이 어느 날 내게 말을 걸기 시작했다. 내 속에 그때부터 이야기들이 쌓였다. 나는 그림을 보고 풍경을 보고 사물을 본다. 한참 들여다본다. 그들이 내게 해줄 이야기들을 기다린다. 내 문학의 기원은 아이러니하게도 글자 하나 없던 《세계어린이명화》였다. 조금은 조잡하고 거칠게 인쇄된, 출판사 이름도 까맣게 잊은 그 책. 내게 '본다는 것'에 대해 알려준 책.

나는 본다 고로 나는 존재한다. 그리고 나는 쓴다.

함

민

복

충청북도 중원군 노은면에서 태어나 수도전기공업고등학교를 졸업하고
월성 원자력발전소에 4년간 근무하다가 서울예술대학 문예창작과를 졸업했다.
1996년부터 강화도 화도면 동막리에서 살고 있다. 1987년 〈세계의 문학〉에
시 〈성선설〉 등을 발표하며 등단했다. 현재 '21세기 전망' 동인으로 활동하고
있다. 2005년 24회 김수영문학상, 7회 박용래 문학상을 수상했다.
펴낸 시집으로는 〈우울氏의 一日〉, 〈자본주의의 약속〉, 〈모든 경계에는 꽃이
핀다〉, 〈말랑말랑한 힘〉이 있고, 산문집으로는 〈눈물은 왜 짠가〉와 〈미안한
마음〉이 있다.

책과__
내 인생

초등학생 때

내가 태어난 곳은 금광촌이 있는 산골이다. 금광촌 뜨내기들에게 민요에 영향받은 바 크다는,《민요기행》을 쓴 시인 신경림 선생과 고향이 같다. 칠백 미터 산들이 연결된 사십리 협곡으로 이뤄진 우리 면은 명성황후가 피난 왔다는 산골 중에 산골이다.

초등학교 이학년 때 면사무소 소재지로 이사를 했다. 동네 행정구역상 이름은 연화리인데, 사람들은 장터라고 불렀다. 장터에 있는 새 집은 컸다. 전에 무슨 장사를 하였거나 여인숙을 했었던지 방문 위에 몇 호실이라고 한자가 쓰여 있었다.

초등학교 일학년 때 외갓집에서 풍물 노는 걸 구경하다가 사람들에게 떠밀려 낭떠러지로 굴러 떨어졌다. 내가 넘어진 위로 여자동창이 떨어져 넓적다리가 부러졌다. 나는 다리에 깁스를 했고 학교를 제대로 다니지 못했다. 덕분에 한글을 배우지 못해 삼학년 때까지 책을 못 읽어 나머지공부를 했다. 삼학년 말인가, 담임선생이 출산휴가를 가고 임시 담임선생이 왔다. 그 선생님이 어느 날 책을 잘 읽을 수 있다는 칭찬과 함께 국어책 중 한 단원을 열 번 옮겨 쓰며 읽어오라고 했다. 밤을 꼬박 새워 써도 다 옮겨 쓸 수 없는 양이었다. 그렇지만 나는 글자를 외웠고 그 이후 책을 더듬 더듬 읽을 수 있게 되었다.

초등학교 시절 읽은 책으로 먼저 떠오르는 책은, 삐라를 주워가면 경찰서에서 상처럼 주던 〈철방구리〉라는 반공만화다. 그 다음은 반 친구가 보던 〈소년중앙〉, 〈어깨동무〉란 월간 잡지책이다. 그 잡지책에 연재되던 〈허리케인〉, 〈도깨비감투〉는 정말 재미있어 다음호를 기다리던 만화였다. 〈어깨동무〉에는 간간이 광고도 실렸다. 내 호기심을 자극시켰던 광고는 신동우 화백이 그린 만화광고 '진주햄소시지'였다. 그때까지 나는 햄이란 걸 한 번도 보지 못했는데 만화 속 주인공은 진주햄만 먹었다 하면 힘이 솟았다. 도대체 햄이란 게 무엇일까 참, 궁금했다.

초등학교 때 책과 관련된 잊히지 않는 일이 하나 있다. 수업중에 갑자기 교장 선생님이 들어와 담임선생님에게 뭐라고 하더니 학생들 몇 명을 데리고 도서실로 갔다. 잠시 후 교장선생님과 아이들이 동화책을 한 아름씩 들고 돌아왔다. 책을 뒤로 전달해 한 권씩 나눠가졌다. '오늘 수업은 내가 할 건데, 책을 바꿔가며 하루 종일 실컷 책만 읽어봐'라고 교장선생님이 말했다. 나는 다음 시간인가 숙제 안 해온 것도 있던 참이라 눈물이 날 정도로 교장선생님이 고마웠다. 그날 내가 읽은 책은《육지의 압둘라와 바다의 압둘라》라는 책이었고 뒷줄에 앉은 친구와 바꿔본 책은《철가면》인가《삼총사》란 책이었다. 교장선생님의 파격적인 수업은 그 후로 애석하게도 없었다. 작은 파격이 있었다면 교실에 들어와 나와 친구 한 명을 붓글씨를 잘 쓰게 생겼다고 하면서 교장실로 불러간 일이다. 친구는 한약방집 아들이라 붓글씨를 잘 썼다. 나는 붓을 한 번 잡아보지도 못했고 연필 글씨도 못 쓰는 편이라 좀 당황스러웠다. 방과 후 며칠 교장실에 나가다가 개울에 나가 물고기가 잡고 싶어 그만두었다.

초등학교 시절 문학과 관계된 추억을 힘들여 찾아보자면 조금 있기는 있다. 나는 동시와 동요를 잘 쓰지는 못했지만 어쩔 수 없이 썼다. 모든 것을 뒤로 미루고 보는 습관이 있는 나는 방학이 끝날 무렵이면 바빴다. 나는 밀린 숙제가 몇 개나 되나 숫자로 따졌다. 몇 가지 중 몇 개는 했다가 중요했다. 제일 짧은 시간에 할 수 있는 숙제만 골랐다.

먼저 〈어린이 새 농민〉에 실린 글을 참고해 동시 1편, 동요 1편을 썼다. 그리고 찰흙을 파다가 크기가 다른 납작한 벽돌 세 개를 만들어 탱크를 제작해 공작 1점을 완성했다. 방학책은 객관식 문제풀이만 대충했다. 그게 매 학년 내 방학 숙제의 전부였다. 방학이 끝나면 숙제 안했다고 참 많이도 맞았다.

우리 면에는 이웃면에 비해 뒤늦게 중학교가 생겼다. 그래서 집에서 농사를 짓다가 늦게 중학교 들어온 형들이 많았다. 우리 집은 하숙을 쳤는데 나는 그 형님들이 동네 누이들에게 전해주라는 연애편지, 사인지(서로 장래희망, 좋아하는 음식 등을 적어 나누어 갖는 문서형식으로 된 종이)를 몰래 탐독했다. 하숙생 형님들은 《편지투》라는 책을 베꼈다. 나도 그 책을 여러 번 읽어봐서 알 수 있었다. 편지 읽기 말고도 찾아보면 또 있기도 하다. 집의 일부를 떼어 팔았고 그 방에 경로당이 들어섰는데 노인들이 읊는 시조와 해소기침소리와 함께 끊이지 않고 들려오던 노인들이 살아온 이야기들이 그것이다.

그외도 먼 친척집에서 위인전 50권을 빌려 읽으며 나는 가당치도 않게 위인이 되고 싶어지기도 했다. 또 이웃집 누나가 보는 여성잡지에서 자수성가한 사람들의 수기를 읽고 당장 가출해 돈을 벌어야겠다는 결심이 서, 몇 번인가 가출을 단행하기도 했었다.

당시의 상황을 고려해볼 때 호사스러울 정도로 문화적 생활을 누리기도 했었다. 집이 커 대문 닫고 쪽문 열면 바로 안마당이 가설극장이 되었다. 나는 영화 보기 제일 좋은 우물 담에 기대앉아 영화를 관람했다. 영화가 들어오면, 한 열흘 정도 문화적 생활에 푹 빠져 살았다. 이~이잉 영사기에 필름 감기는 소리, 갑자기 필름 씹히는 소리, 수군거리는 소리, 돈 도로 내놔라!는 누군가의 외침. 오래된 필름이 돌아가며 화면에, 달 밝은 밤 불비를 뿌리다가 관람객들의 상상에 맡기고 장면을 건너 뛸 때의 야유소리, 휘파람소리. 야한 장면이 나오면 손가락 그림자가 화면을 뒤덮던 촌스러움. 그 시절 그때, 그 호시절에 나는 비가 오는 게 제일 좋았다. 비가 오는 날은 영화를 상영할 수 없었다. 그러면 우리 집 큰 방의 칸막이를 뜯고, 우리 집에서 하숙을 하는 영화 관계자들이 서비스라며 한쪽 벽에 백로지를 붙이고 영화를 상영했다. 친구들보다 하루 일찍 영화를 본 나는 수다스러워졌다. 지금 생각해보면 영화 관계자들의 고도의 홍보

전략이 아니었을까도 싶다. 영화관계자들이 스피커에 대고 영화홍보 방송을 해보라고도 했는데 나는 잘해냈다. 후에 소풍가면 아이들이 그때 하던 방송을 해보라고 해 기억을 더듬어 '눈물 없인 볼 수 없는 영화, 어쩌고저쩌고 … 저녁 진지 일찍 잡수시고 손에 손을 잡고 발에 발을 맞추어 가족 동반하여, 영화를 관람해주시면 대단히 감사하겠습니다' 뭐, 이런 방송을 하기도 했었다.

'토토의 산책'은 지나가고, 집안 형편이 점점 어려워져 새 교과서가 나오는 날이면, '무상지급'이란 도장이 찍힌 책을 받으며 가슴이 무거워졌다.

중학생 때

나는 초등학교 때 면소재지 관공서(초등학교 세 개, 중학교 하나, 면사무소, 지서, 농협, 광산) 대항 배구시합 날에, 중학교 교실 복도를 거닐다 놀랐다. 복도에 붙어 있던 시들이 너무 멋졌기 때문이다. 그 중에 서정주라는 학생이 쓴 시는 특히 아름다웠다. '한 송이 들국화 꽃을 피우기 위해/ 봄부터 소쩍새는 그렇게 울었나 보다' 이 구절이 가슴에 아름답게 피어났다. 중학생이 되면 다 저렇게 아름다운 시를 쓸 수 있나 보다, 중학생이 될 수 없는 가정형편을 생각하며 부러워했었다.

초등학교 선생님들의 도움을 받아 나는 중학생이 될 수 있었다. 중학생이 되고 나서 나는 소심해졌다. 불우이웃돕기를 받는 나는 도저히 쾌활할 수가 없었다. 대신에 나는 책을 읽었고 덕분에 공부 잘하는 학생이 되었다. 지금 생각해보면 내가 공부를 잘할 수 있었던 것은, 순전히 집에 농토가 없었기 때문이다. 농사일을 거들지 않아도 되었기 때문에, 친구들보다 단지 시간이 많아서였다.

나이 드신 한문 선생님이 나한테 학비도 벌 겸 〈합격생〉이란 잡지의 학생기자를 해보라고 권했다. 잡지구독 안내서를 여자반 애들한테 돌리고 주문받으러 갔더니 난롯불 쏘시개로 다 써서 못 보았다고 했다. 해서, 얼굴만 붉어져서 되돌아 나왔다. 나는 〈합격생〉 잡지를 받아보았는데 펜팔 난에 장래희망을 문학가라고 '문학'이란 말을 처음 썼다. 장래희망이 문학가인 여학생 두 명의 편지를 받았다. 초등학교 때 하숙생 형님들로부터 조기 학습을 받아 편지쓰는데는 자신이 있었으나 난생 처음 보는 컬러 편지지를 보고

기가 죽어 답장을 하지 못했다.

서정주가 중학교 다니고 있는 선배가 아니고 시인이라
는 사실을 알게 되어 실망도 했지만 국어 시간에 선생님이
읽어 주는 단편 소설들은 가슴을 뭉클하게 만들었다. 역사
선생님이 들려주던 영화이야기는 많은 상상력을 키워줬다.
이에 영향받아 나는 수업시간에 딴 책들을 읽기도 했다. 한
번은 책을 열심히 읽고 있다가 어느새 다가온 선생님한테
출석부로 머리를 맞았다. 선생님이 다른 책이면 더 혼내려
고 했는데 《삼국지》는 도중에 멈추기 힘든 책임을 안다고
하며 쉬는 시간에만 보라고 용서해주었다.

중학교 때에는 학교 도서관에서 책을 빌릴 줄 알아 청소
년 순정소설이나 김내성의 《검은 별》, 《황금박쥐》 같은 책
을 빌려보았다. 집에 있던 일본 소설 《길은 있다》도 읽긴
읽었는데 별 재미를 못 느꼈다. 동네 형들의 사에이치 문고
를 빌려다보았던 기억도 난다. 한창 책 읽는 재미에 빠져들
무렵, 삼학년들은 공부해야 한다고 책 대출이 금지되었다.

가끔 친구네 집에 가 공부를 하기도 했는데 공부는 뒷전
이고 떠들고 놀다가 학생 백과사전을 보는 게 재미있었다.
어느 날 친구가 자기 아버지 친구라며 신경림 시인의 데뷔

작 〈갈대〉가 실린 책을 보여주었다. 그게 내가 본 첫 문학
지였다.

서울에 올라가 고등학교 입시시험을 치르고 누이가 준
용돈으로 청량리 미도파 백화점 앞 작은 서점에서 김소월과
바이런의 시집을 사가지고 내려온 기억도 있다.

동네 형님 집에 놀러가 우연히 손에 든 《탈무드》가 너무
재미있어 빌려 놓고 겨우내 다 외울 때까지 반복해 읽었다.

고등학생 때

서울은 넓고 높았다. 마포 공덕동 임시 학교기숙사에서 생
활을 시작했다. 기숙사는 벽을 설치해, 교실 한 칸을 둘로
나눈 내무반이었다. 한 내무반에 이층 침대 포함 25명이 생
활하게 되어 있었다. 제주도, 완도 등 전국에서 모여든 친
구들은 말부터 낯설었다. 신경숙 소설 《외딴방》에 나오는
주인공처럼 기숙사 식당에서 나온 카레라이스를 보고 깜짝
놀랐다. 나 외 여러 친구들도 앞서나간(?) 음식의 색깔과
맛에 고개를 내둘렀다. 나는 식당 오늘의 메뉴판에 햄 소시
지 볶음이란 글씨를 보고 드디어 햄을 만나는구나 싶어 바

싹 긴장하기도 했다.

식당은 우리에게 일용할 양식 외에 마음에 양식을 주기
도 했다. 긴 줄을 서며 우리는 손에 삼중당문고를 한 권씩
들고 있었다. 저녁 점호준비를 마치고 기다리면서 손바닥
보다 작은 《신약》을 읽었다. 실습이 거지반을 차지하는 학
교수업이 적성에 맞지 않아, 재미가 없어 책읽기가 더 재미
있었다. 공덕동 로터리에 헌 책방이 몇 개 있어 책을 싼 값
에 사보기도 하고 각자 산 책을 친구들끼리 돌려보기도 했
다. 삼중당문고는 뒷부분에 나오는 책 광고에 읽은 책을 동
그라미 쳐나갔다. 외출외박이 한 달에 한 번밖에 없고 외출
을 나갈 곳도 없어 한 학기 동안 꽤 많은 고전을 읽을 수 있
었다.

《젊은 베르테르의 슬픔》과 《햄릿》에 감동한 나는, 나도
글을 써 보고 싶다는 욕망을 키워가고 있었다.

일학년 여름방학. 고향 충주로 내려가 한 달 동안 변전
소에 실습 다니며 읽을 책을 사러 청계천 헌책방 거리에 갔
다. 《파괴란 무엇인가》란 판형이 크고 두꺼운 책을 사고 싶
었는데, 생각을 파괴하고 같은 책값으로 권당 백 원 하는
헌 문학지 오십 권을 샀다. 방학 내 문학지를 읽다보니, 같

은 반 친구 서상진이란 이름이 두 번이나 나왔다. 현대문학 이달의 신인 응모작 난 희곡부문에 그의 이름이 실려 있었다. 방학이 끝나자마자 친구 상진을 만나 물었다.

"그거, 내가 중학교 때 써서 응모한 거야. 난 셰익스피어를 능가하는 위대한 희곡작가가 되고 싶어. 셰익스피어 원전하고 셰익스피어를 읽으려면 고어를 알아야 하는데, 셰익스피어 사전하고 고어사전도 갖고 있어. 그런데 그걸 네가 어떻게 알았냐?"

그 친구와 나는 곧바로 죽이 맞아 문학공부를 같이 하기로 하고 어울려 다녔다. 친구도 학교에 잘 적응을 못하고 있던 터라, 둘은 신이 났다. 친구도 아침저녁 점호를 취하는 것과 학교 내에서 움직일 때 몇 명씩 모여 선임자의 인솔하에 직각으로 움직이는 것을 싫어했다. 나처럼 기계를 분해 조립하는 수업도 싫어했다. 무엇보다도 우리를 방황하게 만들었던 것은 졸업 후 동기들 모두가 같은 회사로 취직하게 되어 있는 확실한 미래였다.

친구는 나보다 몇 배나 많은 책을 읽었고 글도 여간 잘 쓰는 게 아니었다. 한동안 나는 그 친구가 권하는 책을 읽기에 바쁜 날들을 보냈다. 친구와 나는 문학지 몇 권을 정

기구독해 보았다. 2학년 때는 〈소설문학〉이란 잡지가 창간
되어 즐거워했다. 오정희 소설 《불의 江》과 문예출판사에
선가 나온 신춘문예당선 작품집에 실린 소설들을 필서하기
도 했다. 문학잡지를 보며 안 읽은 책이 나오면 적어놓았다
가 구해 읽었다. 당시 금서였던 이병주의 《지리산: 소인 왕
국편》을 구하러 청계천 헌 책방을 찾기도 했었다.

　우리는 학교수업도 열심히 받지 않았고, 외출을 나가 돌
아다닐 곳도 없어, 삼년 동안 기숙사에 처박혀 책을 또래들
에 비해 많이 읽을 수 있었다. 《문심조룡》, 김동리의 《소
설작법》, 이엠 포스터의 《소설의 양상》, 장 폴 사르트르의
《소설의 이해》, 서울대 출판부에서 나온 이론서들, 여석
기의 《희곡론》 … 카프카, 사르트르, 야스퍼스, 쇼펜하우
어, 메리메 … 등을 읽어 나갔다. 우리는 정말 시간이 너무
많았으므로, 이상의 소설 《날개》를 외웠고, 《햄릿》을 외
웠고, 《이방인》을 외웠다. 가열한 독서였고 어린 나이였기
에 의식은 폭발적으로 성장했고, 생활하며 만나는 사회부
조리 현상과 글로 맞서 싸우기도 했다.

　매년 11월 중순이면 학교 담장을 넘어가 신춘문예 공모
가 난 신문을 구하러 반시간 들판 길을 걸었다. 선생님께 들

키지 않으려 조심도 했지만, 열정 하나는 겁먹어 뛰는 가슴을 누르기에 충분했다. 아무튼 그때 소설공부는 답답하고 삭막한, 한 달에 외출외박이 하루 허용되고 여학생 한 명 쳐다볼 수도 없는 고립된 환경에서 내 사춘기의 돌파구였다.

직장에서

학교를 졸업하고 원자력 발전소를 다녔다. 발전소 일들은 무료했다. 발전소 운전원이 된 나는, 기계들이 어디 고장나지 않았나? 기계들을 잘 의심하는 게 성실성에 척도가 되는 현실이 싫었다. 그렇다고 발전소를 그만둘 수도 없었다. 고등학교 3년 동안 무료로 다닌 돈을 물어줄 형편이 못 되었기 때문이다.

　고등학교 때 문학공부를 같이 하던 친구와 헤어지기 싫어, 우리는 남들이 지원하지 않는 발전소를 제일지망으로 썼다. 직장을 다니면서 좋은 것은 딱 하나였다. 번 돈으로 책을 맘껏 살 수 있다는 점이었다. 우리는 고등학교 때부터 맘먹어온, 〈문학사상〉 책표지에 원고지용 타자기라고 광고하던 공병우식 삼벌 타자기를 한 대씩 샀다. 그리고 월부

책을 사기 시작했다. 삼성출판사에서 나온 문학 철학 전집 백 권을 샀고 세계 백과사전, 의학사전, 법률사전, 사투리 사전, 사전이란 사전들은 다 샀다. 친구는 브리태니커 사전도 샀다. 열 권으로 된 신춘문예 전집, 삼세대 문학전집, 신세대 문학전집도 샀다. 월급이 마이너스가 되어 친구들 신세를 지기도 했고 구내식당에서 라면으로 끼니를 때우기도 했다. 글도 열심히 썼다. 공모한 습작품이 당선되지 않은 날, 술을 먹고 숙소로 올라가다 개구리 조용히 시킨다고 무논에 들어갔던 일도 있다. 가로수 미루나무가 붉은 잎사귀를 틔울 무렵이었다.

'지금 알고 있는 모든 세계로부터 떠날 것' '살아 있는 한 살아가자' 이문열의 《젊은 날의 초상》에 나오는 글귀와 로마 격언을 책상 맡에 붙여 놓고 생활하며 탈출을 꿈꾸던 시절이었다.

미친 듯, 제임스 조이스와, 알랭 로브그리예와, 이상과 최수철과, 이인성과, 송춘섭을 흉내 내보던 4년 2개월이 지나서야 직장을 때려치울 수 있었다.

함민복

고향에 낙향해

스물네 살. 4년간 다니던 직장을 그만두고 공부를 해야겠다는 결심을 했다. 퇴직금 삼백여만 원과 책 다섯 지게를 챙겨 칠년 만에 고향에 돌아왔다. 고향에서 단기사병을 마치고 서울에 가 공부를 할 셈이었다. 계획과 달리 고향생활은 평탄치 않았다. 생각지도 못했던 집안 빚을 가리고 나니 당장 부대에 출퇴근할 차비도 없었다. 부대 배치도 버스를 두 번 갈아 타야하는 제일 먼 곳으로 받았다. 칠순 아버지는 영세민취로사업장에서 타온 쌀을 팔러 다니셨는데, 경로우대증이 있어 차비는 면제라고 먼 장호원읍장을 다니셨다. 그러다가 과로로 쓰러지셨다. 내가 집안 사정도 모르고 경솔하게 직장을 그만두었구나. 방위산업체 특례보충력을 받으면서 집안을 위해 돈을 더 벌었어야 했는데. 꿈을 이뤄보겠다는 이기심이 앞서 잘못된 판단을 내렸구나. 자책의 날들이었다.

끝내 병원도 한 번 못 가보고 반년을 앓다가 아버지가 돌아가셨다. 다니던 직장에서 늦게 세금 정산금 삼십만 원이 올라온 걸 친구에게 빌려줬었다. 서울에 가 돈을 바로 붙여준다던 친구는 소식이 없었다. 친구에게 돈 빌려준 것을 후회하며 상금이라도 타 아버지를 병원에 모시고 갈 요량으로 글을 써 신춘문예에 응모했다.

침투와 방어훈련을 하느라 며칠 밤을 새우고 와 잠에 취했는데 무슨 의료봉사단이 왔다는 아버지 말이 꿈결인 듯 들렸었는데 ⋯ 그때 잠을 떨치고 일어나 아버지를 모시고 한 번 가보았어야 했었는데 ⋯ 내가 몸무게가 48kg까지 빠진 결핵성 습성늑막염에 걸렸었으니까 아버지도 조기에 치료하면 완치도 가능한 결핵이었는지도 모르는데.

아버지를 내가 죽였다는 죄책감과 지방신춘문예 본선에도 못 올랐다는 재능에 대한 회의와 공부를 시작할 돈이 하나도 없다는 막막함에 손가락 하나를 끊었다. 그때를 생각하며 쓴 시가 〈붉은 겨울, 1986〉이란 시다.

1
부엌칼로 손가락을 내리쳤다
잘린 손가락을 집어 아버지 얼굴을 그렸다
붉은 핏물이 눈물에 씻겨 내리고
해골만 그려졌다

어머니가 내 손을 붙들었다
하얗게 눈이 내렸다

2
단지.
손에 손가락을 내리친 가난이 들려있었다
가난은 시련이 아니라 분위기다
어머니가 삐그덕 문을 열었다
핏방울이 부엌에 뚝뚝 차올랐다
애고고,
어머니가 수건을 벗어 떨어진 손가락을 붙여주며
이웃으로 소리를 질렀다
흰 머리카락 위로 철렁 검댕이 그물이 쏟아졌다

3
아버지가 죽었다
황토를 파고 나의 前生을 묻었다

4
트럭이 눈 위에서 자꾸 미끄러졌다
업혀 나온 내 발에 어머니의 작은 버선이 꼬여져 있고
트럭을 밀고 들어올 때마다 어머니 맨발이 붉었다
미친년처럼 눈이 내렸다

5
아버지 나를 낳고 출생신고 하러 가시던 길
숨으로 우는 목관악기 되어
아버지 사망신고 하러 가는 길
수리산 봉우리 툭 터져 붉게 번진 저녁노을

6
그래도 일단 붙여놓기로 했다
한 해를 살며 다친 세상의 모든 상처를 감싸는
흰 붕대로 눈은 내리고
나는 어머니의 깨물지 않아도 아픈 손가락이 되었다

7

매형들이 내려왔다

바깥마당 대추나무에 기르던 개를 목매달았다

가마때기가 개를 감싸고 불이 당겨졌다

매형들의 이빨 사이에 어머니와 내가 앞으로

살아가야 할 셋방살이가 끼였다

붉은 개 울음소리가 집안 가득 찼다

8

다시 부엌에 들어가 보았다

바뀐 칼과 도마가 다른 구석에 처박혀 있었다

9

어머니가 나무를 해 날랐다

따뜻한 방보다 병원에 아버지를 입원시키고 싶었다

글을 썼다 지방신문에도 당선되지 못한

습작시를 태우며

불의 즙 기름 같은 붉은 눈물을 흘렸다

10
빚쟁이들이 트럭을 붙들어 늦고 지친 이사
비온 다음날의 참깨꽃처럼 힘없이 떠나는
고향
붉은 슬레이트 지붕이 눈물에 잠겨
눈꺼풀처럼 서서히 무너져 내렸다
— 함민복 〈붉은 겨울, 1986〉 전문

위의 시에서처럼 어머니가 손가락을 붙여주시고 나는 절망적인 분위기에서 시집을 읽다가 최승호 시인의 단시 한 편을 등불처럼 만났다. 〈인식의 힘〉이란 시였던가. 부제가 '절망하는 자는 대담해진다 — 니체'이고 본문은 '도마뱀의 짧은 다리가 날개 돋친 도마뱀을 태어나게 한다'는 시였던 것 같다.

대학시절

26세에 서울예대 문창과에 입학했다. 시를 써볼 요량이었다. 어머니와 상계동에 50만 원짜리 전세방을 얻어 살았다.

처음엔 학교 다니며 열심히 책을 읽고 순우리말이 많이 나오는 유창균 박사의 사전을 옮겨 쓰고 글도 열심히 썼다. 그러다가 이게 아니란 생각이 들었다. 상계동역에서 철거민들이 전철 문을 잡고 있었다. 빨리 빨리 다 타라고 시청으로 가자고. 그날 수업을 빼먹고 이런 저런 생각을 했다. 전두환은 호헌을 하고 가난한 사람들은 저리 거리로 내몰리는데 나만 생각하며 산다는 게 양심에 용납되지 않았다. 그 후 문학공부는 뒷전으로 미루고 시위와 사회과학 공부만 하러다녔다.

6·10 민주화 운동 때다. 선배가 급하게 찾아 만났다.

명동성당에 학생들과 시민군들이 고립되어 있는데 계엄군이 들어올지 모른다니까 빨리 들어가라고 했다. 뜻 맞는 친구 몇과 명동성당에 들어갔다. 농성장 대표를 맡고 있던, 경상도사투리를 쓰던 고려대 여학생이 자신의 아버지한테 끌려 나가고 상황은 안 좋은 쪽으로 전개되었다. 우리는 상계동 철거민들 임시거주 막사에서 말아준 김밥을 들고 김지하 시인의 〈밥〉이란 시에 곡을 붙인 밥가를 부르며 눈물을 흘리기도 했다.

책이 사람을 얼마나 무섭게 만들 수 있는가를 나는 그때

체험했다. 그때 나는 죽음이 두렵지 않았다. 내 죽음이 사회에 조금이라도 이바지할 수만 있다면 기꺼이 한 목숨 바칠 각오가 되어 있었다. 내가 읽은 사회과학 서적들이 이미 내 마음을 무장시키고 있었다. 지도부 대표가 바뀌고 우린 계엄군이 들어올 경우 어떻게 대처할 것인가를 학교 단위로 나누어 토론하였다. 우리는 사제실로 뛰어 들어가 가능한 한 시간을 벌며 죽거나 천천히 끌려 나가자고 의견을 모았다.

계엄군이다!

한 시민군의 외침에 교대 잠을 자던 우리는 약속한 사제실이 아닌 정문으로 일제히 달려나갔다. 거짓외침을 한 시민은 우리들을 테스트해 보려고 했다고 해, 프락치 논쟁이 붙기도 했었다.

일주일 지나 명동성당 투쟁은 마무리 되었다.

사회과학 서적을 열심히 읽던 시절이 있었다. 책 다섯 권씩을 챙기고 함께 공부할 멤버 셋은 가평역에 내렸다. 가평 철교를 걸어 건너기로 하고 철교를 걷고 있었다. 앞에서 열차가 기적을 울리며 달려왔다. 셋은 돌아서 뛰었다(후에 든 생각이지만 특수부대를 나온 선배가 우리를 긴장시키기 위해 일부러 시간 맞춰 철길을 걸었던 것 같다). 숨을 몰아쉬고 나자

선배가 말했다. 지금부터는 선배라고 하지 말고 동지라고 서로 부르자고 했다. 철길을 건너지 않고 여름 산 속을 몇 시간 걸어가, 물가에 수경지를 잡고 작은 텐트 하나를 쳤다.

그날부터 전투적 책읽기가 시작되었다. 아침 다섯 시에 기상. 애국가 제창으로 시작. 아침식사 라면 반 개. 저녁식사 라면 반 개. 50분 공부 십분 휴식. 발제 토론. 밤 열두시 반성 및 취침. 나는 배가 고파 휴식시간에 민물새우를 잡아 먹었다. 속이 좋지 않았다. 그래도 배가 고파 새우를 잡아 먹었다. 일주일 내내 설사를 했다. 《사구체 이행론 서설》 뭐, 이런 문건 비슷한 책 다섯 권을 떼고 하산하였다. 몸은 피곤해졌으나 정신은 강해져 있음을 느낄 수 있었다.

혼란한 시국의 연속이었다. 그런 세월에 시만 쓰고 있을 수도 없고 해서, 학교를 그만두고 현장에 들어가 노동운동을 하려고 했다. 공고를 나와 전기 용접자격증 2급을 갖고 있어 운동권 선배들이 애착을 갖고 새로운 삶을 권유하기도 했다.

우이동 계곡에서 야시장 텐트 철거 아르바이트를 한 날이었다. 땀에 전 옷을 지하철 에어컨에 말리며 명동성당으로 향했다. 그날 밤 시위는 일찍 끝나는 듯했다. 그때 산속에서 책을 같이 읽었던 선배가 외쳤다. '조금 전까지 군부독

재와 타협은 없다고 외치더니, 신부님의 안전귀가를 약속
받고 후문으로 빠져나가는 여러분의 얕은 이데올로기에 오
줌을 갈기고 싶습니다.' 선배의 제의에 따라 우리는 밤샘 시
국토론에 들어갔다. 토론중에 시위장소를 기습적으로 인근
대학으로 옮기자는 제안이 나왔다. 이동중 나와 선배는 안
기부 앞 파출소로 연행되었다. 곧 전경버스가 오고 우리는
끌려 올라갔다.

"고개 숙여! 우리가 나이도 어린데 꼽지. 야, 커튼 쳐."
전경들은 인정사정도 없이 우리를 짓밟았다. 나는 전경들
한테 밟히며 내가 지니고 있던 금서를 의자 밑으로 밀어넣
었다. 내가 경찰에 연행되었다는 사실을 전해들은 동료 여
학생이 집에 들러 책상을 정리하자, 어머니가 기절을 했다.
'어머니의 혓바닥은 독버섯과 같다'는 한 시인의 외침을 수
용하지 못하고, 이러지도 저러지도 못하며 세월을 보내고
있었다. 그때 옛 친구가 찾아와 여행을 권유했고, 나는 내
가 다니던 직장의 친구를 찾아 떠났다.

1988년 여름이었다. 역설적이게도 글을 쓴다고 떠났던
옛 직장, 그 직장의 동료 집을 찾아 나는 글을 썼다. 글을
쓰며, 고 조성만 열사를 생각했다. 나는 조성만 열사의 명

동성당 할복 투신 현장에 있었다. 그의 시신을 지키려 동기생들과 백병원으로 달려갔었다. 그의 영결식장에서 들은 고은의 시는 감동적이었다. 나는 그 시를 그 자리에서 한 번 듣고 다 외웠다. 그때 나는 생각했다. 시가 얼마나 힘이 있는가를, 어떻게 살아야 하는가를, 그날 체득했다. 내가 다시 문학에 관심을 갖게 해준 그날의 시에 지금도 나는 감사한다. 처음엔 사회문제를 직설적으로 노래하는 시를 써 〈실천문학〉에 응모했다. 그 다음 짧은 시들을 108편 썼다. 그해 그 시를 응모해 〈세계의 문학〉으로 등단을 했다. 책을 읽기만 하다가 책을 쓰는 자가 되어 무거운 걸음을 내디뎠다. 돌이켜보면 책은, 내 인생의 징검다리였고, 이정표였으며 미래를 내다볼 수 있게 도와준 마음의 눈동자였다.

등단작은 '권력'과 'power'라는 단어 — 사전의 앞부분과 중간 부분에 나오는 단어 — 를 염두에 놓고 쓴 〈참힘〉이라는 시 외 4편이었다.

국어사전의 맨 뒷장에서 전 모국어를 떠받치고 있는 힘
이여!

— 함민복 〈참힘〉 전문

김용택   김원우   도종환   서정오   성석제

한국간행물윤리위원회 기획

〈내 인생의 글쓰기〉

"아홉 저자가 밝히는 원체험들은 글을 매개로 만나오던 작가의
내밀한 경험을 읽는 재미를 넘어, 호모 리테라리우스(문학적 인간)
를 탄생시킨 압도적 감동에 공감할 기회를 선사한다." –한국일보

"싸아악, 하는 소리가 났다. 쥐벼룩이 떼로 몰려오나 싶었지만 쥐벼룩은 그런 소리를 낼 정
도로 크지 않았다. 그 소리는 바로 내 정수리의 머리카락이 감동으로 곤두서는 소리였다."
–성석제

"늘 보아왔던 강물이며, 빈 들판이며, 앞산이며, 느티나무며, 강물 속의 바위들이며, 마을의
가난한 집들이며, 그런 것들이 이상하게 새로 보였다. 눈이 부실 정도였다. … 뚜렷하지는
않지만 무엇인가 삶에 대한 설렘과 기대가, 그리고 손에 잡히지 않는 기쁨이 고개를 쳐들었
던 것이다." –김용택   · 4×6판 · 값 9,000원

신달자   안도현   안정효   우애령

나남
nanam
Tel : 031) 955–4600
www.nanam.net